Zum BUCH

Zehn Personen wachen in einer verlassenen Lagerhalle auf. Zunächst können sie sich nicht erklären, wie sie dort hingelangt sind. Doch als ein Teil der Gruppe auf ein System unterirdischer Gänge stößt, entfesseln sie ein Grauen, das die Grenzen jeglicher Vorstellungskräfte überschreitet…

Zum AUTOR

Niklas Quast wurde am 7.3.2000 in Hamburg-Harburg geboren und wuchs im dörflichen Umland auf. Nachdem er eine Ausbildung zum Groß- und Außenhandelskaufmann absolvierte, arbeitet er nun in einem Familienbetrieb und widmet sich nebenbei dem Schreiben.

NIKLAS QUAST
LAGER DER FINSTERNIS

ROMAN

2.Auflage 2022

Copyright © 2022 Niklas Quast
niklasquastautor@web.de
www.facebook.com/NiklasQuastAutor

Covergestaltung:
Alex Cooper

Lektorat:
Astrid Pfister

Alle Rechte vorbehalten

Niklas Quast
Emsener Straße 25
21224 Rosengarten

Herstellung und Verlag:
BoD – Books on Demand, Norderstedt

TWENTYSIX
Eine Marke der Books on Demand GmbH

ISBN: 9783740743086

1

Michael Bennett verließ um kurz nach achtzehn Uhr seine Kanzlei. Er war froh, dass die Zeit an diesem Tag verhältnismäßig schnell vergangen war, denn die letzten zwei Stunden hatte er an seinem Arbeitsplatz gesessen und die Decke angestarrt. Das war der Nachteil an seinem Beruf: wenn es nichts zu tun gab, dann langweilte er sich unerträglich. Aber das passierte glücklicherweise nicht allzu oft, denn es gab immer wieder Probleme zwischen irgendwelchen Leuten, und außerdem verdiente er gutes Geld als Rechtsanwalt. Geld, das für mehr reichte als bloß zum Leben. Trotzdem fühlte er sich einsam, denn schon seit fünf Jahren hatte er keine Partnerin mehr an seiner Seite. Seine vorherige Ehe, die drei Jahre gehalten hatte, war an seinem Beruf zerbrochen. Daran zerbrochen, dass er keine Zeit mehr für seine Frau gehabt hatte. *Tja*, dachte Michael. Der Beruf würde bei ihm halt immer an erster Stelle stehen, und das mussten die Leute in seiner Umgebung eben akzeptieren. *Es wird also nicht einfach werden, jemand zu finden, der sich auf mich einlässt.* Michael zuckte daraufhin mit den Schultern, denn es war ihm eigentlich auch egal. Er hatte sowieso keine Zeit eine feste Beziehung einzugehen. *Und eine feste Beziehung braucht Zeit, das steht mal fest.* Er ging durch das Treppenhaus und hatte schon bald die Glastür erreicht, die ihn nach draußen führte. Der Himmel begann, sich zu verdunkeln, ein Gewitter zog auf. *Schon wieder*, dachte er. Das war schon das dritte Mal heute, dass es regnen würde. *Aber man muss auch mal die Vorteile sehen. Dadurch kühlt es wenigstens ein bisschen ab*, dachte er. Eine Abkühlung, die konnte er im Moment sehr gut gebrauchen. Schon seit Tagen war es ununterbrochen heiß, jeden Tag herrschten Temperaturen um die fünfundzwanzig Grad. *Und das im September!* Noch dazu in einem Büro ohne Klimaanlage... aber egal. Michael mochte diese Hitze nicht, deshalb freute er sich auf den baldigen Winter. Außerdem war er froh, dass er wieder arbeiten konnte – oder besser gesagt, arbeiten durfte. Das Verfahren, welches gegen ihn eingeleitet worden war, war nach langer Zeit endlich eingestellt worden, und er war jetzt wieder ein freier Mann. Aber frei? *Nein, eigentlich nicht. Frei fühle ich mich definitiv noch nicht.* Er hatte eher das Gefühl, dass der Polizist, der das Verfahren gegen ihn eingeleitet hatte, immer noch fest an seine Schuld glaubte. Der Beamte war recht klein, aber dennoch kräftig und wirkte auf den ersten Blick unsympathisch. Sein Name war Shawn Andrews, das wusste Michael noch denn diesen Namen würde er nie wieder vergessen. Diese Augen, in die er während der zahlreichen Vernehmungen immer wieder geblickt hatte... diese Augen, in denen der Ausdruck tiefen Hasses gestanden hatte... Besessenheit, diesen Fall endlich zu lösen, selbst wenn man damit den Falschen hinter Gitter bringen würde. Dann waren noch die manipulierten Beweise dazu gekommen, die Andrews ihm untergeschoben hatte. Doch er war trotz allem nicht vom Dienst befreit worden, sondern hatte nur eine Abmahnung bekommen, mehr nicht. Ein großer Fehler, denn Michael wusste genau, dass für Andrews der Fall noch lange nicht abgeschlossen war. Das hatte er am eigenen Leib zu spüren bekommen, als es eines Tages geklingelt hatte und Andrews einfach vor seiner Tür gestanden hatte. Michael war überrascht gewesen, denn der Cop hatte nur ein Gespräch mit ihm führen wollen, das zwar für beide Seiten nicht zufriedenstellend, aber immerhin friedlich verlaufen war.

Andrews verdächtigte ihn noch immer, und Michael wurde den Zweifel nicht los, noch regelmäßig von ihm verfolgt zu werden. Er fühlte sich teilweise sogar gestalkt von dem Polizisten. Der Fall war noch immer ungelöst geblieben, und es gab nicht einmal einen Tatverdächtigen - außer natürlich ihn selbst, doch er konnte seine Hände in Unschuld waschen und hatte ein reines Gewissen. Michael erhöhte sein Tempo und vergrößerte seine Schritte. Er wollte zu Hause sein, bevor der Regen beginnen würde. Es war kein weiter Fußweg, schon fünfhundert Meter später steckte er bereits den Schlüssel in das Schloss seiner Haustür und öffnete sie. Da er tief in Gedanken versunken war, bemerkte er die dunkle Gestalt, die in einer schwer einsehbaren Ecke gewartet hatte, nicht. Erst, als ihm ein Lappen, der mit Chloroform getränkt war, fest auf sein Gesicht gedrückt wurde, wurde er sich der Situation bewusst. Doch da war es bereits zu spät. Nur wenige Sekunden später schwanden ihm die Sinne und er glitt in eine tiefe Bewusstlosigkeit.

Lauren Stark verabschiedete sich um kurz nach zweiundzwanzig Uhr von ihrer Verabredung. Sie bedauerte, dass sie sich den morgigen Tag nicht frei genommen hatte, aber sie konnte es sich leider nicht erlauben. Im Moment war sie über jeden einzelnen Dollar froh, da sie das Geld dringend für ihr Studium benötigte. Draußen war es schon dunkel, und die Straße wurde nur noch von einigen Laternen erhellt, die in unregelmäßigen Abständen am Straßenrand standen. Die meisten Einfahrten der Häuser waren dunkel, und nur hinter wenigen Fenstern war noch Licht zu sehen. *Ist ja auch logisch*, dachte Lauren. *Die meisten Leute gehen ungefähr zur gleichen Zeit wie ich zu Bett, weil sie morgen früh ebenfalls arbeiten müssen.* Das war der

Nachteil daran, eine Verabredung nicht am Wochenende zu haben, sondern an einem Mittwoch. Lauren gähnte. In acht Stunden, um sechs Uhr, würde sie schon wieder aufstehen müssen. *Ich sollte in den nächsten Tagen wirklich mal früher schlafen gehen.* Sie wusste aber, dass daraus nichts werden würde. Dieser Gedanke war ihr schon so oft gekommen, und letzten Endes wurde dann doch nie etwas daraus. Lauren schüttelte den Kopf und wischte sich den Schweiß von der Stirn. Es war eine warme Nacht, die Luftfeuchtigkeit war hoch, und es herrschten immer noch zwanzig Grad draußen. Zudem gab es keinen Wind, nicht einmal ein laues Lüftchen. Lauren hob ihren Blick in Richtung Himmel, sie konnte dort viele Sterne sehen. Es war jetzt nicht mehr weit, sie musste nur noch den nächsten Parkplatz erreichen. Denn auf diesem stand ihr roter *Ford Escort*, für den sie lange gespart hatte, bis sie ihn sich endlich leisten gekonnt hatte. Außerdem war sie ihren Eltern dankbar, denn diese hatten ihr viel Geld geliehen, Lauren stand deshalb noch immer tief in deren Schuld. Sie ging nun über das Kopfsteinpflaster bis zu dem Platz, an dem sie schon von Weitem ihr Auto sehen konnte. Sie öffnete die Tür, setzte sich auf den Fahrersitz, und bereitete sich auf den Heimweg vor: die zwanzig Meilen weite Fahrt durch den Wald. Sie warf einen Blick auf die Anzeige des Benzinstands. *Vierzig Meilen*, dachte sie. *Ich sollte gleich vielleicht noch tanken. Oder...* Lauren schüttelte den Kopf. *Morgen früh reicht auch.* Jetzt wollte sie nur noch nach Hause und schlafen, startete den Motor, fuhr rückwärts aus der Parklücke heraus, sah aber aus dem Augenwinkel heraus plötzlich einen weißen Strafzettel, der an ihrer Windschutzscheibe unter den Scheibenwischern klemmte. Entnervt stellte sie den Motor wieder ab, nahm den Zettel in die Hand und betrachtete ihn. Fünf Dollar Strafe,

weil sie eine Stunde zu lang dort geparkt hatte. *Okay, das geht ja noch. Und jetzt schnell nach Hause.* Sie steuerte auf die Straße und hatte schon bald den Wald erreicht. Die Scheinwerfer ihres Fords erleuchteten die Bäume um sie herum, während sich die Straße mitten durch den tiefen Wald schlängelte. Zehn Meilen später warf Lauren erneut einen Blick auf die Anzeige des Benzinstands und stockte. Denn die rote Nadel stand bereits im roten Bereich, kurz über dem großen „E". *Fast leer.* Außerdem war die Reichweite plötzlich auf nur noch eine Meile gesunken. Kurze Zeit später rollte der Wagen mitten auf der Straße aus. Sie erreichte noch mit Mühe die nächste Parkbucht, stieg aus dem Wagen und hielt Ausschau nach anderen Autofahrern. Sie hatte zwar einen Benzinkanister im Kofferraum, doch der war leer; sie hatte ihn bei der letzten Situation wie dieser aufgebraucht und danach vergessen, ihn wieder aufzufüllen. *Scheiße,* dachte Lauren. *Jetzt muss ich hier warten, bis irgendjemand vorbeikommt.* Es dauerte allerdings nicht lange, bis die Scheinwerfer eines Autos den Wald erleuchteten. Lauren stellte sich sofort an den Straßenrand und gestikulierte wild mit den Armen. Sie hatte tatsächlich Erfolg. Der Fahrer verlangsamte sein Auto und hielt schließlich komplett an. Es war ein Streifenwagen, das erkannte Lauren allerdings erst, als er schon stand und den Motor abgeschaltet hatte.
»Guten Tag«, sagte der Cop.
»Kann ich Ihnen vielleicht helfen?«
»Ich bin liegen geblieben«, meinte Lauren.
»Hätten Sie vielleicht etwas Benzin für mich?«
Der Polizist grinste.
»Natürlich. Einen kleinen Moment.«
Er öffnete daraufhin den Kofferraum und holte einen vollen Ka-

nister heraus. Lauren öffnete währenddessen den Tankdeckel und wartete, bis der Polizist den halben Kanister in ihren Tank entleert hatte.
»Das sollte bis zur nächsten Tankstelle reichen«, sagte er.
»Wissen Sie denn, wo diese genau ist?«
»Ja das weiß ich. Vielen Dank. Was bekommen Sie für das Benzin?«
»Das passt schon. Aber nächstes Mal tanken Sie besser frühzeitig.«
Erneut stahl sich ein leichtes Lächeln auf sein Gesicht.
»Ja, das werde ich auf alle Fälle machen. Vielen Dank.«
»Keine Ursache. Gute Heimfahrt.«
Der Polizist verabschiedete sich, stieg wieder in sein Auto und fuhr davon. Lauren öffnete die Tür ihres Fords und startete erneut den Motor. Er sprang zunächst nur stotternd an, deshalb schaltete sie den Motor wieder ab, wartete ein paar Sekunden und startete ihn dann erneut. *Jetzt aber.* Lauren steuerte die Straße an und drosselte ihre Geschwindigkeit. Sie lenkte einhändig und schaltete das Radio an. Auf dem voreingestellten Sender liefen gerade Nachrichten, sie schaltete durch und erwischte einen Song von Bruce Springsteen. Sie kurbelte das Fenster herunter und lauschte der Musik. *Blood brothers in the stormy night with a vow to defend. No retreat, baby, no surrender.* Die letzten Töne verklangen langsam. *Bis zur Tankstelle muss es jetzt aber reichen*, dachte sie. Und bis zu der war es ja nicht mehr weit, nur noch etwa drei Meilen. Doch plötzlich schwenkte die Nadel erneut spontan in den roten Bereich und der Motor ging komplett aus. Sie war erst wenige Meter gefahren. *Was...* Lauren blieb einen Moment sitzen, stieg dann erneut aus und bemerkte den dunklen Schatten, der ihr mit ei-

nem harten Gegenstand das Bewusstsein raubte, leider erst viel zu spät.

Joshua Archer drückte das glühende Ende der Zigarette im Aschenbecher aus. Er blies den Rauch in Richtung des geöffneten Fensters und sah sich um. Auf dem Fliesentisch vor ihm lag eine leere Schachtel Marlboro. *Ich brauche dringend neue*, dachte er und sah auf die Uhr. Es war kurz vor acht. Seufzend erhob sich Joshua von der alten, durchgesessenen Ledercouch und warf im Vorbeigehen einen Blick in den Spiegel. *Oh Mann*, dachte er. *Ich sehe ja echt schlimm aus*. Es machte ihm allerdings nichts aus, denn er legte normalerweise nicht viel Wert auf sein Äußeres. *Die Welt ist viel zu oberflächlich*. Er griff nach seinem Portemonnaie, das auf der Kommode im Flur lag, danach öffnete er die Haustür und trat aus seiner Mietswohnung in das Treppenhaus. Es war stickig, denn alle Fenster waren geschlossen, außerdem roch es extrem nach kaltem, abgestandenem Rauch. Joshua ging, so schnell und so vorsichtig er konnte, die achtzehn Treppenstufen hinunter und verließ dann das Haus. Die Sonne schien noch, und die Luft war nicht gerade angenehm, kaum besser als die im stickigen Treppenhaus. Joshua wischte sich den Schweiß von der Stirn und senkte seinen Blick auf den Gehweg. Der Drugstore lag direkt an der nächsten Häuserecke, doch schon von dieser kurzen Strecke geriet Joshua gehörig ins Schwitzen. Er wusste nicht, ob es an den etwas mehr als zwanzig Grad oder an seinem Übergewicht lag. *Wahrscheinlich ein bisschen von beidem*, versuchte er sich einzureden, wusste es jedoch insgeheim besser. Er trug eindeutig zu viel Gewicht mit sich herum. Joshua betrat den klimatisierten Innenraum des kleinen Drugstores und schritt direkt auf

den Tresen zu.
»Joshua«, rief der Verkäufer sofort.
»Was kann ich für dich tun?«
»Eine Packung Marlboro, bitte.«
Der Verkäufer blickte ihn kritisch an.
»Ich dachte, du wolltest aufhören zu rauchen.«
Joshua winkte ab.
»Ach, weißt du es fällt mir einfach zu schwer. So etwas geht eben nicht von heute auf morgen. Erst einmal sollte ich den Konsum etwas reduzieren, bevor ich ganz damit aufhöre.«
»Na gut, wenn du meinst«, sagte der Verkäufer daraufhin und griff nach einer Packung *Marlboro*, während Joshua einen Fünf-Dollar-Schein zutage förderte. Er reichte ihn über den Kassentresen und nahm dann die Schachtel entgegen.
»Bis zum nächsten Mal«, sagte er und verabschiedete sich.
Als er wieder an die frische Luft trat, spürte er plötzlich, dass sein Magen knurrte. *Ich habe doch gerade erst gegessen*, dachte er verstimmt. *Na gut, eigentlich ist es schon zwei Stunden her.* Er blickte kurz in seinen Geldbeutel und sah, dass er noch zwanzig Dollar dabeihatte. *Okay. Damit sollte ich bis morgen auskommen. Eingekauft habe ich ja gerade erst.* Ein Burger war also durchaus drin. Joshua grinste. Er kannte genau den richtigen Laden dafür, sein Lieblingslokal, wenn es um total leckeres Essen ging. Es war natürlich das *Rusty's*, das direkt an der nächsten Straßenecke lag. Als Joshua das Restaurant betrat, bestellte er sich sofort einen Barbecue-Burger und eine große Cola und setzte sich dann in den hinteren Bereich des Ladens. Es dauerte knapp sieben Minuten, bis ihm seine Bestellung serviert wurde. Er biss in das weiche Brötchen des Burgers. Er schmeckte fantastisch, und es gab wie immer nichts daran zu

bemängeln. Die Soße lief an beiden Seiten herunter, weshalb sich Joshua eine der weißen Servietten nahm und sich damit seine Hände und den Mund sauberwischte. Er aß den Burger auf und trank dann seine Cola aus. Anschließend bezahlte er die Rechnung und verließ das Restaurant wieder. Er fühlte sich nun angenehm satt, und er wollte wieder zurück nach Hause. Plötzlich vibrierte das Handy in seiner Hosentasche, er runzelte die Stirn, griff in seine Tasche und kramte es hervor. Eine SMS war eingegangen, der Absender war anonym. Folgender Text stand auf dem hellen Display: *Ich weiß genau, was du willst, du fettes Schwein. Und dafür wirst du bezahlen, das glaube mir!* Joshua las den Text erneut, und dann direkt noch einmal. Die aneinandergereihten Buchstaben ergaben für ihn zunächst keinen Sinn, doch je öfter er die Botschaft las, desto mehr verstand er davon. *Ich weiß genau, was du willst. Bezahlen.* Ihm wurde mulmig zumute, er bekam eine Gänsehaut, denn er hatte plötzlich eine Ahnung, wer der Absender sein könnte. Es kamen zwar leider viele Personen infrage, die ihm etwas Böses wollten, doch er traute nur wenigen davon zu, ihn tatsächlich zu bedrohen. Es ging hierbei um Leute, bei denen er sich Geld geliehen hatte, welches er bisher noch nicht gänzlich zurückgezahlt hatte. Leute, bei denen er Schulden hatte, Leute, die zu allem fähig waren, und die vor nichts zurückschreckten. Sie mussten wohl irgendwie an seine Handynummer gelangt sein, und er konnte sich nicht erklären, wie das passiert sein mochte. Joshua begann nun zu zittern, und obwohl er immer mehr ins Schwitzen geriet, beschleunigte er seine Schritte noch einmal, denn er wollte unbedingt schnell nach Hause und sich in Sicherheit begeben. Er wusste nicht warum, aber er hatte plötzlich ein total ungutes Gefühl. Wenige Minuten später steckte er den Schlüssel in das

Schloss seiner Haustür, drehte ihn nach links und öffnete sie. Den schwarzen, undurchsichtigen Sack, der ihm in dem Moment über den Kopf gezogen wurde, in dem er sich schon mitten im Hausflur befand, bemerkte er erst viel zu spät, sodass er auch nichts mehr gegen die Fäuste ausrichten konnte, die ihn plötzlich in eine tiefe Finsternis beförderten.

»Verschwinde!«, rief Maya Hobbs dem Mann hinterher.
Sie drehte sich wieder um und schüttelte den Kopf. *Was für ein Arschloch!* Der Mann entfernte sich von ihr, und Maya war froh, dass er sich dazu entschlossen hatte. *Da hat der blöde Asi mich doch tatsächlich angefasst. Was denkt der denn bitte, wer er ist? Dreckskerl!* Maya hatte bisher noch keine guten Erfahrungen mit Männern gemacht. Erst vor wenigen Tagen war ihre letzte Beziehung in die Brüche gegangen, was mehr oder weniger wohl auch an ihrer Art gelegen hatte. Sie gab sich mit nichts zufrieden und war ein typisches, verwöhntes Stadtmädchen. Sie trug nur die teuersten Klamotten, dazu eine dicke Goldkette um den Hals und eine exklusive *Ray-Ban* Sonnenbrille auf der Nase. *Und dann kommt so ein Kerl vorbei, der mich hier in aller Öffentlichkeit betatscht. Als ob ich eine dreckige Hure wäre.* Zum Glück war sie hier in der Öffentlichkeit, und nicht irgendwo alleine im Wald, wo sie dem Mann schutzlos ausgeliefert gewesen wäre. Maya grinste. *Das hätte der Mistkerl wohl gerne gehabt.* Eine Gänsehaut breitete sich nun auf ihrem Körper aus, ein eigentlich angenehmes Gefühl, aber jetzt in einer mehr als unpassenden Situation.
»Ey!«, rief ein anderer Mann ihr plötzlich hinterher.
Maya drehte sich um.
»Was kostest du?«

Er kramte sein Portemonnaie hervor und förderte daraus einen dicken Batzen Scheine zutage, mit denen er auffordernd vor seinem Gesicht herumwedelte.

»Wie viel willst du haben?«

Ohne ein Wort zu sagen drehte Maya sich wieder um und schüttelte den Kopf. Solche Typen sah sie, leider, immer öfter. Es könnte durchaus daran liegen, dass sie immer so aufreizende Klamotten trug und sehr viel Wert auf ihr Aussehen legte, aber deshalb war sie ja wohl noch lange keine Schlampe. Und als eine solche wollte sie sich auch nicht darstellen lassen. *Ich sollte jetzt zurück nach Hause gehen*, dachte sie, *bevor der Typ noch auf dumme Ideen kommt.*

»Warte doch!«, rief der Mann und lief ihr hinterher.

»Komm ja nicht näher!«, schrie Maya.

»Fünfhundert«, meinte der Mann nun.

»Das Angebot kannst du als Studentin ja wohl kaum ausschlagen. Denk doch nur mal daran, was du dir davon alles kaufen könntest.«

Woher weiß dieser Kerl, dass ich Studentin bin?! Aber andererseits hat er schon Recht damit. Mit fünfhundert Dollar konnte man sich wirklich sehr viel kaufen. Dieser ungeplante Geldse.-gen würde Maya gerade in den Kram passen, da sie momentan für ein Auto sparte. Für einen günstigen Gebrauchtwagen, dessen einziger Zweck es sein würde, sie von Zuhause bis zur Uni zu bringen. Maya ertappte sich plötzlich dabei, dass sie tatsächlich darüber nachdachte, das Angebot des Mannes anzunehmen und schüttelte innerlich aufgebracht den Kopf. *Bewahre dir wenigstens das bisschen Würde, was du noch hast. Wenigstens dieses kleine bisschen.* Innerlich lachte sie nun auf. Besaß sie denn überhaupt noch so etwas wie Würde?

»Sorry. Ich bin keine billige Schlampe, die sich gegen Bezahlung auf Sex mit fremden Männern einlässt.«
Ohne eine Antwort abzuwarten ging Maya weg und entfernte sich von dem Mann. Er sagte nichts mehr und schlug einen Weg in die entgegengesetzte Richtung ein. Maya war froh, dass er sie jetzt endlich in Ruhe ließ. *Ein Glück.* Sie hätte es sich nie verzeihen können, wenn sie das Angebot tatsächlich angenommen hätte. Sie hätte sich einfach nur dreckig gefühlt, schmutzig, eben genauso, wie sich eine Hure fühlen musste. Sie konnte sich nicht vorstellen, eines Tages diesen Weg einzuschlagen, denn sie sah ihn als den allerletzten an, den eine Frau gehen konnte. *Aber auch nur, wenn sie überhaupt nicht mehr weiterwusste. Allerdings bringe ich mich dann doch lieber um.* Gedankenverloren ging sie über den gepflasterten Gehweg, überquerte die Straße und sah von Weitem schon die Tür des Plattenbaus, in dem sie ihr Dasein fristete. Sie hielt sich kaum dort auf, meistens war sie draußen, ging oft mit ihren Freundinnen und Freunden feiern... mit Leuten, in deren Umgebung sie sich wohlfühlte. Sie hatte keine Lust auf eine feste Beziehung, denn sie wollte die Bindung, die man damit einging, nicht auf sich nehmen, wollte stattdessen lieber frei sein. Zumindest zum jetzigen Zeitpunkt. *Irgendwann werde ich vielleicht auch noch den Richtigen finden. Und dann war es das mit dem freien Leben.* Maya grinste. *Aber noch ist es ja nicht so weit. Noch bin ich frei.* Und diese Zeit wollte sie so lange wie möglich genießen. Als sie an der Tür angekommen war, öffnete sie diese und hatte schon bald ihre Drei-Zimmer-Wohnung erreicht. Sie schloss auf, warf einen Blick auf das ungewaschene Geschirr in der Küche und ging dann direkt in das Wohnzimmer. Auch hier musste dringend mal wieder aufgeräumt werden. Leere Flaschen und Do-

sen stapelten sich in der Ecke, immer noch von ihrer Party letzten Samstag. Es war einer der wenigen Tage gewesen, in denen sie Leute zu sich nach Hause eingeladen hatte, und das auch nur ihres Geburtstages wegen. *Freiwillig lade ich bestimmt niemanden in diesen Dreckstall ein.* Maya entschied sich nach kurzem Überlegen, in den gegenüberliegenden Pub zu gehen. Sie brauchte nach diesen Vorfällen auf der Straße dringend etwas Ablenkung, da sie sich nicht allzu sehr in ihren Gedanken verlieren wollte. *Vielleicht treffe ich ja sogar Bekannte*, dachte sie. Sie nahm ihren Haustürschlüssel, den sie zuvor abgelegt hatte, und ging wieder durch das Treppenhaus hinunter zur Haustür. Dabei bemerkte sie nicht, wie sich langsam die Kellertür hinter ihr öffnete. Nur für einen kurzen Moment spürte sie das Nervengift, ehe es ihr augenblicklich das Bewusstsein raubte.

Caleb Franklin legte die Hantel zur Seite und entfernte die von ihm angehängten Gewichte. *Puh,* dachte er. *Das ist ein echt gutes Training gewesen.* Er nahm sich die Plastikflasche, die er vorher mit Leitungswasser gefüllt hatte, setzte sie an und trank einen großen Schluck. Das Wasser war zwar nicht mehr eiskalt, aber es besaß eine angenehme Temperatur, sodass man es gut trinken konnte. Caleb ging nun auf die Umkleidekabine zu, öffnete den Spind, in dem er alle seine Sachen aufbewahrte, und nahm seine Sporttasche heraus. Er öffnete das Seitenfach, zog sein Handy heraus und kontrollierte, ob neue Nachrichten eingegangen waren. Er hatte eine ungelesene SMS, der Absender war Jonas, ein Freund von ihm. Dieser fragte, ob Caleb Lust hatte, sich später mit ihm im Pub zu treffen. Caleb musste grinsen, schrieb zurück, dass es ihm um zwanzig Uhr gut passen würde und legte das Handy wieder in seine Sporttasche zurück.

Danach nahm er sein Duschgel und ein Handtuch heraus, verschloss den Spind mitsamt seinen Sachen wieder und ging zu den Duschen. Er stellte das Wasser auf kalt, drückte auf den Knopf und ließ es über seinen Körper rauschen. Es war extrem angenehm, doch Caleb wusste, dass dieses Gefühl nicht lange anhalten würde, denn schon bald würde er, dank der ungewöhnlichen Wärme außerhalb, wieder zu schwitzen anfangen. Und dann würde er wohl oder übel noch einmal duschen gehen müssen, bevor er sich mit Jonas in dem Pub treffen würde. Als er fertig war, verließ er die Dusche wieder und trocknete sich ab. Er zog sich seine frischen Sachen über, nahm seine Sporttasche aus dem Spind und ging in Richtung des Ausganges. Als er den Empfang erreicht hatte, stockte er kurz. Hinter dem Tresen stand doch tatsächlich Christina. Er blickte sich aufmerksam um, sah aber nur vereinzelt Leute an den Geräten sitzen. Deshalb zog er einen der Barhocker zurück und setzte sich. Christina, die gerade damit beschäftigt war, einige Gläser abzuwaschen, drehte sich um. Als sie ihn erblickt hatte, legte sich ein Lächeln auf ihr Gesicht.
»Caleb. Bist du schon fertig?«
»Ja, aber ich dachte mir, bevor ich gehe, trinke ich noch kurz was bei dir. *Mit* dir.«
Caleb grinste.
»Cola, wie immer?«, fragte sie.
»Cola, wie immer.«
»Okay, einen kleinen Moment.«
Christina drehte sich um und öffnete den großen Kühlschrank, in dem alle Getränke des Fitnessstudios gelagert waren. Sie schenkte zwei Gläser bis zum Rand mit einer angebrochenen Cola-Flasche ein und schob dann eines über den Tresen zu Ca-

leb.

»Danke.«

Caleb öffnete seinen Geldbeutel und holte die obligatorischen drei Dollar fünfzig hervor, wie immer einen Dollar mehr, für sie als Trinkgeld.

»Vielen Dank«, sagte Christina, als sie das Geld entgegennahm.

»Für dich doch gerne.«

Caleb zwinkerte ihr zu.

»Cheers«, sagte sie, als sie ihr Glas in die Hand nahm.

Sie stießen zusammen an. Auch wenn es nur Cola war, sie schmeckte Caleb immer besonders gut, wenn er sich in Christinas Nähe aufhielt. Die Eiswürfel klimperten gegen das kalte Glas, ein Geräusch, das Musik in seinen Ohren war. Viel zu schnell war das Glas wieder leer – nach einem Blick auf die Uhr entschied Caleb sich dazu, dass es Zeit war, zu gehen.

»Bis zum nächsten Mal. Ich muss leider los.«

Er verabschiedete sich von Christina und verließ das Studio. Der Weg zu seinem Wohnheim war nicht weit, er hoffte, dass noch niemand zu Hause sein würde. Denn er wollte seine Ruhe haben, vielleicht etwas Fernsehen, bis er um zwanzig Uhr Jonas im Pub treffen würde. *Auf jeden Fall ein bisschen entspannen.* Er öffnete die Tür, die in den Flur führte, und hörte schon von hier aus Stimmen aus dem hinteren Teil der Wohnung. Er stellte seine Sporttasche ab, entschied sich aber, die schmutzigen Sachen erst später in die Waschmaschine zu packen, und ging geradewegs ins Wohnzimmer, wo die Stimmen ihren Ursprung hatten. Dort saßen auf dem großen Sofa sein Mitbewohner Frank und dessen Freundin Alice. Frank hob den Blick, als er Schritte hörte und fragte:

»Caleb? Musst du nicht arbeiten?«

»Nicht mehr, ich habe heute früher aufgehört und war danach noch beim Sport.«

»Ach so.«

»Hallo, Caleb«, begrüßte Alice ihn, als für einen Moment Stille aufgekommen war.

»Hallo Alice. Wie geht's dir?«

»Gut, wie immer. Und dir?«

»Auch, soweit zumindest.«

Caleb wandte sich nun zu Frank.

»Ich bin um acht Uhr noch mit Jonas im Pub verabredet. Nur zur Information, damit du weißt, dass ich nachher nicht da sein werde.«

»Alles klar.«

Caleb ging wieder zurück, packte seine Sporttasche aus und begab sich danach in sein Zimmer. Es sah ziemlich ordentlich aus, was aber auch kein Wunder war, da er sich dort eigentlich kaum aufhielt. An vielen Tagen nutzte er den Raum nur zum Schlafen, zu mehr nicht. Er fühlte sich müde, deshalb ließ er den Fernseher erst einmal ausgeschaltet und legte sich auf sein Sofa. Er war so ausgelaugt, dass er schon wenig später eingeschlafen war. Allerdings hielt die Ruhe nicht lange an. Caleb wurde auf einmal von Schreien geweckt, deren Ursprung er sich zunächst nicht erklären konnte. Er dachte zuerst, er hätte vielleicht nur geträumt, bis die Geräusche sich wiederholten. Hastig stand er von dem Sofa auf und ging zu seiner Zimmertür. Die Geräusche kamen eindeutig aus dem Wohnzimmer. So schnell er konnte, lief er dorthin. Und das, was er dort sehen musste, war so schrecklich, dass es ihm für einen Moment den Atem nahm. Auf dem Boden lagen, in einer Blutlache, die verrenkten Körper von Frank und Alice. Frank hatte eine riesige Schnittwunde am Hals, aus der allerdings kein Blut mehr floss - er war bereits tot. Alice war skalpiert worden, ihre blonden Haare lagen im Raum verteilt und ihr Schädel war komplett rot. Auch sie war nicht mehr am Leben. Der graue Teppich unter ihrem Kopf hatte sich bereits mit ihrem Blut vollgesogen. Caleb wandte seinen Blick ab, konnte aber das, was nun kam, nicht mehr verhindern. Ein Mann... der Mann, der Alice und Frank brutal ermordet haben musste, stach ihm jetzt eine Spritze in den Arm. Nur wenige Sekunden später verlor er das Bewusstsein.

Joan Cunningham beendete das Gespräch und legte auf. Nachdenklich ließ sie ihren Blick durch die Wohnung ihrer Schwester schweifen.
»Alles okay?«, fragte Megan besorgt.
»Du siehst ziemlich mitgenommen aus.«
»Ja, alles okay«, beschwichtigte Joan sie.
»Okay«, erwiderte Megan und lächelte sie an.
Joan griff nach der Tasse Kaffee, die auf dem Glastisch stand, und nahm einen Schluck. Der Inhalt war zwar schon leicht abgekühlt, aber er schmeckte dennoch. Sie bat Megan, ihr noch einen Espresso zuzubereiten, und drehte sich dann zu Henry um.
»Habt ihr alles gut überstanden? Wir haben uns echt schon lange nicht mehr gesehen«, sagte sie.
»Ja, soweit eigentlich schon. Ich denke zwar, dass wir niemals alles vergessen werden, was wir dort miterleben mussten, aber es geht schon.«
»Ja, das stimmt. Vergessen werdet ihr das alles niemals... aber das ist ja auch schon ziemlich merkwürdig gewesen, oder? Ich

meine, hast du vorher an Geister, Dämonen oder an irgendwelche paranormalen Dinge geglaubt? Hättest du gedacht, dass es so etwas tatsächlich gibt?«

»Nein«, meinte Henry.

»Definitiv nicht. Aber jetzt habe ich es schließlich mit eigenen Augen gesehen.«

In diesem Moment kam Megan mit zwei Tassen wieder. Sie stellte eine vor Joan ab, und nahm aus der anderen einen Schluck, bevor sie diese ebenfalls auf den Glastisch stellte.

»Zum Glück gibt es dieses Haus nun nicht mehr«, murmelte Megan.

Joan sah sie fragend an.

»Wie meinst du das?«

»Es wurde verbrannt. Nun ist es nicht mehr, als ein Haufen Glut und Asche.«

»Echt?«, fragte Joan.

»Davon hattest du mir ja noch gar nichts erzählt.«

»Das kann sein. Es ist ja auch noch nicht lange her. Es geschah nach einem erneuten Zwischenfall dort.«

Megan erzählte ihr daraufhin die Geschichte, die sie aus den Medien und von Sheriff John Garcia erfahren hatte. Joan hörte aufmerksam zu und stellte keinerlei Zwischenfragen.

»Und an dem Platz, wo das Haus stand, wurde jetzt eine Lagerhalle gebaut, der Bau ist gerade erst beendet worden.«

»Dass da überhaupt noch gebaut werden darf«, murmelte Joan.

»Wenn man bedenkt, was an diesem Ort alles passiert ist.«

»Da hast du recht«, bestätigte Henry.

Joan warf einen Blick auf ihre Uhr.

»Oje, es ist schon fast acht. Ich mache mich dann mal besser auf den Weg nach Hause.«

»Musst du echt schon los?«
»Ja. Ich will bloß nicht zu spät kommen.«
Joan zwinkerte ihr zu.
»Na dann wünsche ich dir viel Spaß.«
»Ja, ich dir auch«, meinte Henry.
Joan verabschiedete sich von Henry und wurde von Megan noch noch bis zur Haustür begleitet.
»Bis zum nächsten Mal. Ich hoffe, dass wir solche Treffen in Zukunft öfters einrichten können.«
»Ja, es war echt schön«, stimmte Joan zu.
»Du kannst ja morgen mal anrufen, und mir erzählen, wie es gelaufen ist.«
Joan grinste.
»Ja, das mache ich. Bis dann.«
Sie ging über die Straße und hatte kurz darauf ihren roten Fiat erreicht. Die Fahrertür war offen, anscheinend hatte sie vorhin vergessen, den Wagen abzuschließen. Sie setzte sich auf den Sitz, schloss die Tür und öffnete danach das Handschuhfach. Dort kramte sie das Navigationsgerät heraus und steckte es in die Halterung. Sie tippte die Adresse ein, bei der sie eingeladen war, startete den Motor und fuhr davon. Es waren einhundert Meilen, von der Zeit her sollte sie es also locker schaffen. Megan hatte sich eine neue Wohnung gekauft und war umgezogen, denn sie hatte weggewollt von dem Ort, an dem sie damals dieses Grauen erlebt hatte. Henry und sie wohnten jetzt zusammen, und es sah so aus, als ob zwischen den beiden eine feste Beziehung entstehen würde. Joan freute sich für ihre Schwester, da sie bisher noch nichts richtig Festes erlebt hatte – hoffte jedoch insgeheim auch, dass ihr etwas ähnliches auch bald selbst vergönnt sein würde. Je weiter sie durch den niemals enden

wollenden Wald fuhr, desto mehr wusste sie, dass sie der Stelle, an der das Geisterhaus gestanden hatte, immer näherkam. *Okay, nach ihrer Aussage müsste die Lagerhalle schon längst stehen. Das Ganze ist immerhin schon länger als ein Jahr her.* Sie wurde immer unruhiger; die vielen lebhaften Erklärungen, die Henry und Megan ihr geliefert hatten, waren schuld daran. *Wie das klingt... Es holt sich seine Opfer...* Aber der Spuk war jetzt vorbei, das wusste sie. Joan trat auf das Gaspedal, denn sie wollte unbedingt so schnell wie möglich aus diesem unheilvollen Wald heraus, selbst mit dem schwachen Licht ihrer Scheinwerfer war es in der Dunkelheit kaum auszuhalten. *Wohl gerade deswegen*, dachte Joan. *Das Licht ist zu schwach, um die Umgebung zu beleuchten.* Sie schaltete auf Fernlicht um, kniff die Augen zusammen und konzentrierte sich anschließend wieder auf ihre Umgebung. Plötzlich, sie hatte gerade die nächste Kurve genommen, stockte sie. Vor ihr auf dem Asphalt, etwa einhundert Meter entfernt... *liegt dort ein totes Tier?* Sie verlangsamte den Fiat, bis er schließlich komplett zum Stehen kam. Das *Ding*, das dort auf der Straße lag, regte sich nicht, es lag in einer Blutlache auf dem Asphalt. Joan runzelte die Stirn, öffnete die Fahrertür und trat vorsichtig auf den Asphalt hinaus. *Das kann nicht sein...* Das, was bis eben noch wie ein totes Tier ausgesehen hatte, war ein Mensch. Und dieser Mensch lebte noch, zumindest machte es den Anschein. Es war ein Mann. Er stöhnte auf und keuchte:

»Helfen Sie mir. Bitte...«

Ein schwaches Rasseln ertönte. Es war sein Atem. Joan wurde panisch, und zog aufgeregt ihr Handy hervor.

»Ich rufe einen Krankenwagen. Moment!«

»Nicht...«

Joan hielt inne.

»Was *nicht*? Sie brauchen dringend ärztliche Hilfe!«

»Nein. Mir ist nicht mehr zu helfen.«

»Natürlich! Sie leben doch noch! Und sie werden wieder gesund!«

»Ich vielleicht, aber Sie nicht mehr«, sagte der Mann und erhob sich plötzlich aus der Blutlache.

Joan stockte der Atem. Ihre Gelenke verweigerten ihren Dienst, und sie war unfähig, sich auch nur einen Millimeter zu bewegen. Der Mann kam nun immer näher auf sie zu, zog hinter seinem Rücken etwas hervor und schleuderte sie dann in ein tiefes Nichts... in eine allumfassende Schwärze.

Horatio Rodríguez kam der Brücke immer näher. Er grinste, denn er wusste, dass schon bald wieder viele Menschen diesen Ort aufsuchen würden. Es war die perfekte Stelle, um ungehindert Drogengeschäfte über die Bühne bringen zu können, und nahezu jeder Junkie wusste, dass dies hier der dafür Ort war. An so vielen anderen Stellen waren sie schon von der Polizei entdeckt worden und hatten sich immer wieder neu einrichten müssen. Horatio nahm seinen Rucksack vom Rücken und stellte ihn auf den Boden. Er war schwer, denn er war gefüllt mit den verschiedensten Rauschmitteln: Ecstasy, Cannabis und noch wesentlich härtere Drogen. Horatio war froh, dass er über seine eigene Sucht längst hinweg war. Er hatte sich sein Leben mit Drogen ruiniert gehabt, bis er es irgendwann zum Glück wieder unter Kontrolle bekommen hatte - und nun verdiente er mit seiner früheren Sucht sehr, sehr viel Geld. Aber es war gefährlich, denn er musste gemeinsam mit seinem Clan immer auf der Hut sein. Wenn man sie erneut entdecken würde, würde alles

wieder von vorne losgehen. Horatio schüttelte den Kopf und vertrieb den Gedanken. Er ging immer näher auf die Tür aus dickem Stahl zu, klopfte zwei Mal dagegen und öffnete sie dann. Im Inneren saßen bereits Carlos und Javier, seine Kollegen. Auch sie hatten ihre Taschen abgelegt und begutachteten gerade den Inhalt des anderen.
»Horatio«, sagte Javier.
»Was hast du mitgebracht?«
Horatio entleerte daraufhin sein Gepäckstück. Javier und Carlos staunten nicht schlecht, denn so viel hatten sie augenscheinlich nicht einmal ansatzweise erwartet.
»Wow«, meinte Carlos.
»Das ist ja wirklich ordentlich was.«
»Ja«, sagte Horatio nur, denn plötzlich klopfte es an der Tür.
Javier runzelte die Stirn und öffnete sie.
»Wer«, setzte Carlos gerade an, als Horatio einen lauten Knall vernahm. Eindeutig ein Schuss. Blut spritzte durch den gesamten Raum und blieb an der grauen Wand im hinteren Teil der kleinen Hütte kleben. Javier stöhnte ein letztes Mal auf und kippte dann nach hinten. An der Stelle, wo einmal sein Auge gewesen war, existierte jetzt nur noch ein dunkles Loch. Sein Gesicht war komplett zerfetzt worden von dem Schuss, das Blut hatte sich in seinem Bart verfangen. Horatio hob seinen Blick, und sah dem Mann, der den Schuss abgefeuert hatte, genau in die Augen. Es handelte sich um einen Cop.
»Sofort die Hände auf den Rücken!«, schrie er und zielte jetzt mit der Waffe auf Horatio.
Dieser reagierte nicht sofort, weshalb der Cop seinen Satz noch einmal in doppelter Lautstärke wiederholte.
»Moment«, knurrte Horatio.

Carlos hingegen befolgte den Befehl des Polizisten sofort und ging auf die Tür zu.

»Nicht bewegen!«, herrschte ihn der Mann an.

Auch dieser Anweisung kam Carlos augenblicklich nach. Was der Polizist jedoch als Nächstes machte, ließ Horatio erstarren. Dieser hob nämlich den Lauf des Gewehres, welchen er davor zu Boden gesenkt hatte, zielte kurz auf Carlos und schaltete auch ihn mit einem präzisen Kopfschuss aus.

»Was soll das?«, schrie Horatio den Cop entgeistert an.

»Carlos und Javier haben keinerlei Widerstand geleistet!«

»Sei gefälligst ruhig«, meinte der Polizist drohend.

»Und komm mit. Sonst bist du bald genauso tot wie deine beiden Freunde.«

Horatio blickte ihn an und forderte eine direkte Konfrontation heraus.

»Ach ja? Erschießen Sie mich doch. Los.«

»Nein.«

»Wieso denn nicht? Meine Freunde haben Sie doch auch kaltblütig und ohne jeden Grund erschossen.«

»Komm jetzt mit. Ich diskutiere hier nicht.«

Horatio wollte noch etwas erwidern, doch der Cop fuhr ihm dazwischen.

»Sofort!«

Er gab es schließlich auf und folgte dem Befehl des Polizisten, der ihn nach draußen begleitete.

»Und wo ist das…«

Weiter kam Horatio nicht, denn eine Spritze, die ihm mit aller Kraft in den Rücken gerammt wurde, raubte ihm sofort das Bewusstsein. Das Letzte, was er bemerkte, war, wie er mit seinem Sombrero auf dem harten Boden aufkam.

»Mom?«, rief Phil.
»Was ist denn?«, fragte Nicole Sawyer.
»Wann fahren wir los?«
Nicole schaute auf die Uhr. Es war kurz vor drei.
»In ein paar Minuten.«
»Okay.«
Nicole ging in Richtung Schlafzimmer und öffnete dort den Kleiderschrank. Im Vorbeigehen warf sie, wie jedes Mal, noch einen Blick auf das Portrait ihres Mannes, welches auf der Kommode neben ihrem Bett stand. Sie konnte nicht verhindern, dass ihr erneut Tränen in die Augen stiegen. Sie erinnerte sich noch genau an den Tag, an dem sie von dem Tod ihres Lebensgefährten erfahren hatte. Der Tisch für das sonntägliche, gemeinsame Abendessen war bereits gedeckt gewesen, und Ben hatte eigentlich schon auf dem Weg sein müssen, als plötzlich das Telefon geklingelt hatte. Der Mann am anderen Ende der Leitung, dessen Stimme ihr bereits vertraut gewesen war, hatte John Garcia geheißen. Er hatte ihr erklärt, dass ihr Mann bei einem Einsatz von einem mysteriösen Wesen umgebracht worden war, und sagte ihr außerdem, dass Jacob Maloney sie gerne sprechen und ihr alles erklären würde. Jacob Maloney, der, wie Garcia erzählt hatte, ihren Mann bei diesem Einsatz begleitet hatte. Als Nicole das gehört hatte, wurde sie sofort misstrauisch. Auch das Gespräch, welches sie am nächsten Tag mit dem Officer geführt hatte, hatte sie nicht weitergebracht. Nicole glaubte nicht an Geister und Dämonen, dafür aber umso mehr an Gott, und sie ging, wenn sie es schaffte, jeden Sonntag in die Kirche und betete. Ausgerechnet an diesem Sonntag hatte sie es nicht geschafft, da sie bei einer Freundin zum gemeinsamen Frühstück eingeladen gewesen war, an dem auch Ben hätte teil-

nehmen sollen. Doch dieser hatte mal wieder nur seine Arbeit im Kopf gehabt. Nun war er tot... ermordet bei einem seiner vielen Einsätze. *Von Jacob Maloney*, dachte Nicole. Sie konnte sich einfach nichts anders vorstellen, auch, wenn der Officer auf sie nicht so gewirkt hatte, als wäre er zu so etwas im Stande. *Man kann den Cops nicht ins Gehirn blicken. Jeder Mensch tickt anders.*
»Ich bin fertig«, sagte Phil.
Nicole drehte sich ruckartig um und sah, dass Phil bereits im Türrahmen stand. Sie hatte ihn nicht kommen gehört, da sie zu tief in ihren Gedanken versunken gewesen war – wie so oft in letzter Zeit.
»Alles okay?«
»Ja, klar. Ich ziehe mich nur noch schnell um.«
Phil verschwand wieder aus dem Türrahmen, er schien zu wissen, dass seine Mutter in diesem Moment etwas Zeit für sich brauchte. Währenddessen öffnete Nicole die Tür ihres Kleiderschrankes und überlegte kurz, was sie anziehen sollte. Es handelte sich nur um einen einfachen Friseurtermin, trotzdem wollte sie schick aussehen. Phil und ihr anderer Sohn Tom hatten darauf bestanden, mitzukommen, da neben dem Friseur ein großes, neues Einkaufszentrum gebaut worden war, welches erst vor wenigen Tagen eröffnet worden war. Die Fahrt dorthin würde zwar über eine Stunde dauern, trotzdem hatte Nicole sich entschieden, statt dem Friseur, der bei ihr im Dorf ansässig war und den sie immer besuchte, den in der Stadt zu wählen, einfach, um ihren Kindern mal wieder eine Freude zu machen. Sie hatte es schließlich schon lange nicht mehr getan, denn zu oft war sie nur mit sich selbst beschäftigt gewesen während sie versucht hatte, den Todesfall auf ihre eigene Art und Weise zu

verarbeiten. Es war zwar mittlerweile schon über ein Jahr her, und trotzdem fühlte es sich für Nicole an, als wären erst wenige Tage vergangen. Sie nahm einen Kleiderbügel aus dem Schrank, an dem ein graues T-Shirt hing, zog es über und wählte dazu eine einfache Jeans. Sie hatte keine Lust auf eine Bluse oder etwas anderes, denn eigentlich legte sie auch gar nicht so viel Wert auf Kleidung. Die Klamotten mussten ihr einfach nur passen, alles andere war ihr mittlerweile mehr oder weniger egal geworden. Sie verließ ihr Schlafzimmer wieder und ging ins Wohnzimmer, wo Phil und Tom bereits auf sie warteten.
»Wir können los«, sagte Nicole,
»wenn ihr bereit seid.«
Die beiden nickten, und Nicole ging mit ihrer Handtasche und den Schlüsseln in der Hand zur Garage. Dort öffnete sie die Tür ihres Autos, stieg auf den Fahrersitz und wartete, bis Phil und Tom auf der Rückbank Platz genommen hatten. Danach startete sie den Motor und fuhr aus der Einfahrt heraus auf die Straße. Eine Stunde später stellte sie den Toyota bereits auf dem Parkplatz des neuen Einkaufszentrums ab, verabschiedete sich von Phil und Tom, und ging zum Friseur. *Joe's Hair Cut* lag im Schatten eines großen Baums, direkt hinter einer kleinen Gasse. Nicole trat durch die Glastür ins Innere des kleinen Friseursalons, und erblickte an der Theke eine stämmige Frau mittleren Alters.
»Moment. Sie kommen gleich dran. Nehmen Sie doch bitte noch kurz Platz.«
Sie zeigte daraufhin auf eine Sitzreihe aus mehreren Metallstühlen. Nicole setzte sich auf einen der unbequemen, ungepolsterten Stühle und wartete etwa fünf Minuten, bis der Friseur, dessen Name höchstwahrscheinlich Joe war, sie zu sich rief. Sie

erzählte ihm, wie sie ihre Haare geschnitten bekommen wollte, ehe er sich an die Arbeit machte. Joe schien wirklich ein Meister vom Fach zu sein, Nicole war mit dem Ergebnis mehr als zufrieden, bezahlte und verabschiedete sich. Nun musste sie nur noch Phil und Tom in dem Einkaufszentrum finden. Aber das war gar nicht so schwer, denn sie wusste genau, wo die beiden sich aufhalten würden, es gab ja nicht gerade viele Möglichkeiten. Nicole ging durch die Seitengasse, die zu dem Parkplatz und damit auch zum Einkaufszentrum führte. Da sie sich nur auf den Weg, der vor ihr lag, konzentrierte, bemerkte sie gar nicht, wie sich plötzlich jemand ganz nahe an sie heranschlich und sie in einen dunklen Eingang zerrte. Danach spürte sie nichts mehr.

Dennis Mathewson fuhr gerade seinen Computer herunter. Er schob den Schreibtischstuhl zurück, stand auf und ging in die Küche. Dort öffnete er den Kühlschrank, stellte sich ein Glas bereit und schenkte sich Cola ein. Danach ging er wieder in sein Zimmer und zog die Jalousie hoch. Sofort fielen ein paar Sonnenstrahlen ins Innere seines Zimmers und Dennis blinzelte. Es waren die letzten Sonnenstrahlen des Tages, das wusste er, aber diese wollte er trotzdem noch genießen. Denn schon bald würde die Nacht beginnen… eine weitere Nacht, die er alleine verbringen würde. Er schaltete den Fernseher an, setzte sich auf das Sofa und zappte lustlos durch die Kanäle. Es lief allerdings nichts Interessantes, höchstens die zwanzig Uhr dreißig Nachrichten auf *CNN*. Er ließ den Kanal an, und starrte auf die Mattscheibe, verstand aber eigentlich nichts von dem, was dort gesagt wurde. Er wollte es auch gar nicht, wollte nicht erfahren, was es Neues auf der Welt gab, schließlich betraf es ihn sowieso nicht. Es wurde mit der Zeit immer dunkler draußen, und um einundzwanzig Uhr fünfzehn musste Dennis das Licht anschalten, da er nichts mehr erkennen konnte. Er setzte sich wieder auf das Sofa, merkte aber dann, wie er immer müder wurde. Ohne, dass er es verhindern konnte, war er schnell so müde geworden, dass ihm die Augen zugefallen waren - er konnte nicht einmal mehr das Licht und den Fernseher ausschalten, bevor er in die Welt der Träume abgedriftet war. Als Dennis die Augen wieder aufschlug, konnte er sich zunächst gar nicht orientieren, denn um ihn herum gab es nichts als schwarze, tiefe Dunkelheit. *Was ist denn mit dem Fernseher und der Lampe los? Habe ich die nicht angelassen?*, fragte er sich. *Bestimmt ein Stromausfall.* Dennis stöhnte auf, griff schlaftrunken nach der Taschenlampe, die er immer auf dem Tisch liegen hatte, und schaltete sie ein. Der Raum wurde sofort in blaues Licht getaucht. Er ging aus dem Wohnzimmer in Richtung des Kellers. Die alten, morschen Stufen quietschten leise unter seinen Füßen, aber sie hielten seinem Gewicht dennoch stand – was aber ja auch kein Wunder war, denn er wog mit seinen siebzig Kilo ja auch nicht gerade viel. Er hatte jetzt die Wand, an der der Sicherungskasten hing, erreicht. Den Schlüssel dazu fand er, nachdem er einige Zeit gesucht hatte, auf dem Kasten. Dennis konnte sich gar nicht daran erinnern, ihn dort deponiert zu haben. *Normalerweise liegt der doch immer in der Kommode.* Er schloss den Kasten kopfschüttelnd auf und durchleuchtete dann das Innere mit der Taschenlampe. Was er dann erblickte, ließ ihn allerdings staunen. Die Sicherung war gar nicht rausgeflogen, sie war herausgerissen worden, und außerdem waren auch noch mehrere Kabel durchgeschnitten worden. Dennis wurde augenblicklich mulmig zumute, und als er sich umdrehte, leuchtete er erst einmal den Keller hinter sich gründlich ab, doch da war nichts... nichts, außer beständige Dunkelheit. Nur das schwache, blaue Licht seiner Taschenlampe durchschnitt die schwarze Finsternis. *Was soll ich denn jetzt machen?*, fragte er sich aufgeregt. Er trug zwar keine Uhr, aber er schätzte, dass es ungefähr zwei oder drei Uhr in der Nacht war. *Schlafen. Wobei... Wer hatte die Kabel durchgeschnitten?* War jemand in sein Haus eingedrungen? War er überhaupt noch allein hier zu Hause? Dennis konnte sich keine andere Erklärung vorstellen, und das war das Unheimliche daran. *Ich sollte in die Küche gehen und mir ein Messer von dort holen. Nur für den Falle eines Falles...* Dennis ließ den Sicherungskasten einfach auf, leuchtete noch ein weiteres Mal seine Umgebung auf der Suche nach etwaigen Gefahren ab und stieg dann wieder die Treppe hoch - allerdings nicht, ohne sich an deren Ende erneut umzudrehen und den blauen Taschenlampenstrahl noch einmal umher zu schwenken. Wieder sah er nichts; niemand war ihm gefolgt, und er kam sich langsam paranoid vor. *Dafür gibt es bestimmt eine ganz einfache Erklärung*, dachte er. *Aber was könnte passiert sein, außer, dass sich jemand an dem Kasten zu schaffen gemacht hatte?* Dennis erreichte nun die Küche und zog die weiße Gardine zur Seite, hinter der ein Holzblock stand, in dem mehrere Messer eines italienischen Messersets steckten. Er zog eines davon heraus und ging dann wieder zur Treppe, hinunter in den Keller, zurück zu dem Sicherungskasten. Doch auch dort wusste er immer noch nicht, was er jetzt tun sollte. Er kam sich unfassbar albern vor, wie er mit dem Messer in der Hand im dunklen Keller stand und darauf wartete, dass sich ihm ein vermeintlicher Einbrecher zeigen würde. Dennis schüttelte den Kopf und ging wieder nach oben, in Richtung seines

Zimmers. Dabei bemerkte er gar nicht, wie sich langsam die Tür des kleinen Badezimmers öffnete, und aus der Dunkelheit ein Schatten auf ihn zusprang. Als dieser Schatten ihn dann mithilfe einer Spritze betäubt hatte, spürte er plötzlich gar nichts mehr.

Cathy Miller wartete, bis die letzte Kundin ihren Einkauf im *Desert Market* beendet und bezahlt hatte. Es war ein durchaus erfolgreicher Tag für den kleinen, familiären Supermarkt gewesen. Es waren heute viele Kunden erschienen, mehr, als an anderen Tagen. Darunter auch viele, die den Markt öfter besuchten, und die man deshalb fast Stammkunden nennen konnte. Allerdings waren auch einige gekommen, die noch nie zuvor dort gewesen waren – und für diese Gruppe war es natürlich schwer, sich in dem Sortiment des kleinen Ladens zurechtzufinden. Der *Desert Market* hatte nur die notwendigsten Dinge, im Gegensatz zu den neuen Discountern, die heutzutage ja nahezu alles im Angebot hatten. Cathy grinste. Sie mochte diese neumodischen Geschäfte nicht, ihr gefiel die Atmosphäre in den kleinen, übersichtlichen Supermärkten viel besser. Außerdem fand man ihrer Ansicht nach dort viel schneller das, was man wirklich brauchte, und man musste sich nicht zwischen abertausenden Marken entscheiden.
»Ich mache jetzt Feierabend, ist das okay?«, fragte Matthew, ihr Kollege.
»Ja, das ist okay, Matthew. Ich wünsche dir noch einen schönen Abend.«
»Danke, das wünsche ich dir auch.«
Er verabschiedete sich von ihr, während Cathy, wie eigentlich jeden Abend, sofern sie die Zeit dazu hatte, das Sortiment überprüfte. Der letzte Praktikant, der vor etwas mehr als einem

Jahr eigentlich zwei Wochen in ihrem Supermarkt hätte arbeiten sollte, hatte sich direkt nach dem ersten Tag nicht mehr blicken lassen. *Wie war noch mal sein Name gewesen?*, fragte sich Cathy. *Wilson. Wilson Baines.* Er war ihr schon auf dem ersten Blick unsympathisch vorgekommen, und sie musste sich eingestehen, dass sie eigentlich ganz froh gewesen war, ihn danach nie wieder gesehen zu haben. *Er wäre uns früher oder später sowieso nur zur Last gefallen. Und sowas brauchen wir hier ganz bestimmt nicht.* Sie kam mit ihrer Arbeit ehrlich gesagt ganz gut alleine klar, und sie hatte noch nie das Gefühl gehabt, dass es ihr zu viel wurde. *Liegt wahrscheinlich daran, dass ich keine Familie habe. Leider.* Cathy räumte nun die letzten Waren, die sie zur Seite gelegt hatte, ein, ging anschließend in den Pausenraum und nahm ihre Tasche. Danach gelangte sie durch die Hintertür direkt auf den Parkplatz hinaus. Sie schloss sorgfältig hinter sich ab, wiederholte den Vorgang dann auch noch auf der Vorderseite, und ließ anschließend ihren Blick umherschweifen. In der Ferne war das dunkle *Desert Valley* zu sehen, ein Restaurant, welches mittlerweile einen neuen Besitzer suchte, nachdem die bisherigen Besitzer, Henry Nolan, Megan Cunningham und Tanya Jameson sich dazu entschieden hatten, es zu verkaufen. Cathy konnte sie schon verstehen, denn es waren wohl einige wirklich schlimme Dinge passiert, die sie aber nur teilweise mitbekommen hatte. Es waren die Dinge, die man sich im Dorf so erzählte, und dass dies nicht zwingend wahr sein musste, war ihr natürlich ebenso klar. Cathy schloss jetzt ihren alten *Buick* auf, setzte sich auf den Fahrersitz und startete den Motor. Danach legte sie den Rückwärtsgang ein, hielt aber kurz inne. Denn sie kam aus irgendeinem Grund kaum voran, selbst wenn sie das Pedal ganz durchtrat, bewegte sie sich höchstens ein paar Millimeter vom Fleck. Sie schaltete den Motor deshalb wieder aus, öffnete verwundert die Tür, und stieg aus. Verwirrt ging sie auf das Heck ihres Wagens zu. Sie hatte bereits eine Ahnung, was passiert sein musste, und diese sollte sich bestätigen: Ihre Reifen waren beide platt, das Profil war offenbar mit einem spitzen Gegenstand, höchstwahrscheinlich einem Messer, bearbeitet worden. Cathy schüttelte wütend den Kopf und überlegte, was sie jetzt tun sollte. *Ich habe doch nur ein Ersatzrad im Kofferraum... Was mache ich denn jetzt?* Sie öffnete die Kofferraumklappe und holte den Reifen hervor, aber sie hatte ehrlich gesagt nicht die geringste Ahnung, wie man ihn an das Auto montierte. Sie hatte dies bisher immer in einer Werkstatt machen lassen. *Das war vielleicht ein Fehler gewesen*, dachte sie jetzt. Während sie sich über die Situation ärgerte und sich fragte, wie sie da irgendwie wieder herauskommen sollte, bemerkte Cathy erst viel zu spät, wie ihr etwas Großes, Schwarzes über den Kopf gezogen wurde. Danach wurde es schlagartig dunkel um sie herum.

2

Das Licht ging plötzlich an, und der Raum wurde von den Leuchtstoffröhren an der Decke erleuchtet. Caleb stöhnte leise als er aufwachte, und versuchte direkt, sich zu orientieren. Es gelang ihm nach einiger Zeit, er befand sich offenbar in irgendeiner riesengroßen Halle. Und er war nicht allein, denn er sah neben sich noch neun weitere Personen, von denen drei gerade ihren Blicken nach zu urteilen ebenfalls aus ihrer Bewusstlosigkeit erwacht waren.
»Was ist denn hier los, verfluchte Scheiße!«, meckerte Joshua.
»Wo zur Hölle bin ich hier? Und wer seid ihr?«
»Ich weiß es nicht«, murmelte Maya verängstigt.
»Scheiße. Das tut weh!«, flüsterte Lauren stöhnend.
Caleb, Joshua und Maya blickten in Laurens Richtung. Sie sah wirklich schlimm aus. Auf der Stirn hatte sie eine riesige Platzwunde, aus der Blut sickerte. Ihre Handfläche hatte sich schon dunkelrot verfärbt, denn sie hatte sie unbewusst in der Zeit, in der sie ohnmächtig gewesen war, gegen ihre Schläfe gepresst.
»Warte«, sagte Caleb, stand auf und ging auf Lauren zu.
»Scheiße. Ich glaube, du brauchst dringend einen Verband.«
»Das glaube ich auch«, erwiderte sie stöhnend.
»Was ist denn hier eigentlich los? Wer seid ihr alle?«
»Mein Name ist Caleb Franklin. Ich wurde von irgendwem in meinem Wohnheim überwältigt, und mein Mitbewohner und seine Freundin wurden brutal ermordet.«
»Meine Kollegen wurden auch ermordet«, warf Horatio ein, der nun ebenfalls erwacht war.

»Und dann bin ich von einem Cop geschnappt worden. Und jetzt bin ich plötzlich hier, in einer riesengroßen Halle?«

Horatio hob seinen Blick und inspizierte den Raum genauer.

»Scheiße, Mann. Wenn ich wenigstens wüsste, wer mich entführt hat. Doch mir wurde vor meiner eigenen beschissenen Haustür ein Sack über den Kopf gezogen.«

Caleb hörte nur nebenbei, was die anderen erzählten, denn er war viel zu sehr mit der Platzwunde von Lauren beschäftigt.

»Es muss hier doch irgendwo einen Verbandkasten oder sowas in der Art geben. Deine Wunde muss dringend verarztet werden. Wie bist du eigentlich hierhergekommen?«

Lauren stöhnte noch einmal schmerzerfüllt auf und sagte dann: »Ich kann mich nur noch an Bruchstücke erinnern. Aber auch bei mir spielte ein Polizist die Hauptrolle. Ich glaube, auch ich wurde von einem Cop entführt.«

Caleb durchsuchte nun mit einem schnellen Blick den Raum, in dem sie sich aufhielten. Am anderen Ende gab es zwei Türen, neben der einen befand sich ein Fenster. Ansonsten standen in der Halle viele leere Regale. Der hintere Teil des Raumes war leider von der Position aus, in der sie sich befanden, nicht einzusehen. *Es gibt also noch Hoffnung*, dachte er.

»Ich werde mich mal eben umschauen gehen, ob ich irgendetwas finde, womit die Wunde verbunden werden kann«, sagte er nun.

»Wie sind denn eure Namen?«, fragte Maya jetzt.

»Außer Caleb hat sich hier ja schließlich noch keiner vorgestellt. Ich bin Maya Hobbs.«

»Horatio. Horatio Rodriguez«, meinte der Mexikaner und wischte sich mit einem Tuch den Schweiß von der Stirn.

»Joshua Archer«, murmelte ein etwas dickerer Mann.

Er trug ein weißes, fleckiges T-Shirt, und unter seinen Achseln waren bereits Schweißflecken auf dem Stoff zu sehen.

»Lauren Stark. Aber was für einen Sinn hat das jetzt?«, fragte Lauren.

»Also ich würde schon gerne wissen, mit wem ich es zu tun habe. Du etwa nicht?«, fragte Maya provozierend.

»Doch, natürlich. Aber dafür gibt es doch sicherlich einen besseren Zeitpunkt, oder nicht?«

Bevor Maya etwas darauf entgegnen konnte, wurde sie von Dennis unterbrochen.

»Ich wurde von einem Einbrecher überwältigt. Mein Name ist Dennis Mathewson. Er ist letzte Nacht in mein Haus eingedrungen.«

»Also, gehen wir mal davon aus, dass wir wirklich von einem Cop hierhergebracht worden sind. Dann stellt sich für mich vor allem eine Frage: Warum? Was soll das Ganze? Und wo sind wir hier? Verdammte Scheiße!«

Mit jedem Wort, das er sprach, wurde Joshua lauter. Lauren zuckte zusammen, da der Schmerz hinter ihrer Stirn dadurch umso heftiger pulsierte. Die Hand, welche sie gerade erst von ihrer Wunde genommen hatte, presste sie nun wieder drauf, und zwischen ihren Fingern sickerte sofort frisches Blut hindurch.

Caleb ging jetzt näher auf den rückwärtigen Teil der Lagerhalle zu, an dem sich die Türen und das Fenster befanden. Er hörte plötzlich Schritte, und als er sich umdrehte, sah er Dennis Mathewson hinter sich.

»Warte. Ich komme mit.«

Caleb wartete kurz auf ihn, und gemeinsam schlugen sie den Weg zu dem Fenster ein.

»Da!«, rief Dennis und zeigte auf etwas, was hinter der Scheibe lag.

Caleb sah sofort, was dieser meinte, er glaubte zunächst, seinen Augen nicht trauen zu können. Dort befand sich doch tatsächlich ein Verbandkasten an der Wand!

»Wow. Jetzt müssen wir nur noch hoffen, dass die Tür offen ist.«

Caleb ging darauf zu, drückte die Klinke hinunter, stieß aber sofort auf einen Widerstand. Die Tür war also abgeschlossen. Es überraschte ihn nicht, er hatte es insgeheim schon fast geahnt.

»Die ist zu«, murmelte er.

»Scheiße«, meinte Dennis frustriert.

»Dann muss es halt eine andere Lösung geben.«

Während Dennis und Caleb überlegten, wie sie an den Verbandkasten herankommen könnten, erwachten Nicole und Joan aus ihrer Bewusstlosigkeit. Nicole blinzelte mehrfach, augenscheinlich auf der Suche nach einem Punkt, an dem sie sich orientieren konnte. Joan hingegen vergrub ihr Gesicht sofort in den Händen, nachdem sie sich die Umgebung angesehen hatte.

»Hey«, rief Horatio.

»Was ist los? Wer bist du?«

»Ich bin Joan Cunningham. Und ich fürchte ich weiß, wo wir hier sind.«

Maya, die zuvor ihren Blick zu Boden gesenkt hatte, hob ihn nun wieder und sah Joan tief in die Augen.

»Du weißt, wo wir hier sind?«

»Wir sind in einem neugebauten Lagerhaus. Ich habe gerade erst vor wenigen Stunden mit meiner Schwester darüber gesprochen. Es wurde an der Stelle gebaut, an der das *Geisterhaus*

stand.«
»Das Haus, in dem letztes Jahr die Jugendlichen zu Tode gekommen sind?«, fragte Maya mit weit aufgerissenen Augen.
»Ja, genau das Haus. Meine Schwester war auch dort, aber sie hat es überlebt.«
»Mein Mann war ebenfalls dort«, warf Nicole stöhnend ein.
»Er hat das Ganze aber nicht überlebt. Er war Polizist und hatte in einer mysteriösen Nacht einen Einsatz.«

»Schau mal, da!«, rief Dennis.
Wieder war er es, der etwas noch vor Caleb entdeckt hatte. An der Wand hing ein kleiner Hammer, von der Sorte, die man auch in jedem Bus vorfand. Er war dafür da, um in Notsituationen eine Glasscheibe einschlagen zu können.
»Das ist genau das, was wir brauchen.«
Caleb stellte sich auf die Zehenspitzen und versuchte, an den Hammer heranzukommen. Er schaffte es mit viel Glück, angelte ihn sich und zielte dann damit auf die Scheibe.
»Vorsicht, jetzt wird es etwas laut«, sagte er, holte aus, und schlug mit dem Hammer auf das Glas.

Das Geräusch des splitternden Glases erreichte den Rest der Gruppe, in dem mittlerweile auch Michael Bennett und Cathy Miller das Bewusstsein wiedererlangt hatten.
»Was war das?«, fragte Michael aufgeregt.
Maya deutete in Richtung der Glasscheibe, die Caleb und Dennis gerade eingeschlagen hatten.
»Da hinten. Die beiden waren das.«
Michael drehte sich in die Richtung und nickte.
»Okay. Und was ist hier genau los? Wo sind wir?«

»Fang du nicht auch noch damit an.«
Joshua winkte ab.
»Hier weiß keiner etwas darüber. Außer, wo wir sind.«
Er deutete auf Joan und Nicole. Sie erzählten Michael und Cathy daraufhin in Kürze, was sie glaubten, wo sie sich alle befanden.
»Puh«, meinte Michael.
»Ziemlich weit hergeholt. Aber es könnte stimmen. Trotzdem fehlt noch eine entscheidende Information... Warum gerade wir? Es muss doch irgendeinen Grund dafür geben, warum wir hier sind.«
»Mein Bauchgefühl sagt mir, dass es irgendetwas mit der Polizei zu tun hat«, murmelte Joshua.
»Das denke ich mittlerweile auch«, bestätigte Maya.
»Ich kann es mir einfach nicht anders vorstellen.«
»Dann lasst uns doch mal unsere Erfahrungen zusammentragen«, schlug Michael vor.
»Ich saß mal unschuldig im Knast, weil ein Polizist Beweise gefälscht hat, um mich hinter Gitter zu bringen.«
»Ich kann es nicht so genau sagen, aber es kann sein, dass einer derjenigen, bei denen ich mir Geld geliehen habe, mich angezeigt hat«, meinte Joshua daraufhin.
»Und ich bin Dealer. Da ist es ganz normal, andauernd mit der Polizei aneinander zu geraten«, erklärte Horatio.
»Und ich hatte mal einen Freund, der Polizist war.«
Maya zuckte mit den Schultern. Michael sah sie intensiv an.
»Wie hieß er denn?«
»Shawn Andrews. Wieso?«

Caleb räumte die Glasscherben aus dem Weg, und begann dann,

durch die kaputte Scheibe zu klettern.
»Warte du hier«, sagte er zu Dennis, der das mit einem kurzen Nicken bestätigte.
Er kam unbeschadet hindurch und gelangte dann ohne Probleme ins Innere. Anschließend ging er zu der Wand, an der er den Verbandkasten gesehen hatte, nahm ihn und reichte ihn durch die Fensteröffnung zu Dennis hinüber.
»Moment mal«, meinte Caleb kurz darauf.
»Was ist das?«

»Das war auch der Cop, der die Beweise gefälscht hat. Shawn Andrews hieß er, das weiß ich noch ganz genau.«
»Aber ich kann mir kaum vorstellen, dass dies zusammenhängt. Sowas traue ich Shawn nicht zu.«
»Wie lange warst du denn mit ihm zusammen?«
»Zwei Monate.«
Ein Grinsen zeichnete sich auf Nicoles Gesicht ab.
»Zwei Monate? Das ist doch gar nichts. Du hast ihn ja noch gar nicht richtig gekannt.«
»Es waren zwei sehr intensive Monate.«
Maya errötete.
»Aber lasst uns jetzt lieber über wichtigere Dinge sprechen. Dinge, die uns helfen, aus dieser Halle zu entkommen.«
Michael merkte, dass ihr das Thema ganz offensichtlich unangenehm war, und das war ihr auch nicht zu verdenken.
»Was habt ihr anderen denn für negative Erfahrungen mit der Polizei gemacht?«, fragte er daher in die Runde.
Joan blickte ihn an und sagte:
»Mit der Polizei an sich nicht. Aber meine Schwester war wie gesagt schon einmal in diesem Geisterhaus.«

»Bei mir war es mein Mann Ben. Mir ist der Name Shawn Andrews auch bekannt, aber mein Mann hat nie ein schlechtes Wort über ihn verloren. Er sprach sowieso nur selten über seine Arbeit.«

»Das hat doch jetzt alles keinen Sinn«, murmelte Cathy.

»Ich denke, wir sollten erst einmal zusehen, dass wir einen Ausweg aus dieser misslichen Lage finden.«

Es wurde nun still in der Gruppe, so still, dass man fast seinen eigenen Herzschlag hatte vernehmen können. Plötzlich sagte Joshua:

»Hört mal!«

»Was ist denn das?«, flüsterte Michael verwirrt.

Im Hintergrund war auf einmal klar und deutlich das leise Gedudel eines Radios zu hören. Es lief *Ghostbusters* von Ray Parker Jr.

Vor ihnen auf dem Boden stand ein roter Benzinkanister, daneben befand sich eine Packung Streichhölzer. An dem Kanister klebte ein kleiner, weißer Zettel, der blau beschriftet war. Handschriftlich stand dort: *Ein Feuer macht manches einfacher. Entscheidet euch jetzt, ob ihr lieber den einfachen Weg in die Hölle nehmen wollt, oder ob ihr nach Ablauf der Zeit den qualvollen antretet.* Im Hintergrund war ein digitales Piepen zu hören, und als Caleb an die Decke blickte, sah er über sich einen Timer - der drei Stunden herunterzählte.

3
Vor drei Stunden…

Das Telefon klingelte im *Sheriffs Office*. Jacob Maloney senkte die Zeitung, hinter der er sich verschanzt hatte, blickte auf und griff dann zu dem Hörer.
»Sheriffs Office, Jacob Maloney am Apparat, mit wem spreche ich?«
»Hallo?«
Eine Kinderstimme war nun am anderen Ende zu hören, sie gehörte einem Jungen. Jacob Maloney schätzte ihn dem Klang der Stimme nach auf etwa dreizehn, vierzehn Jahre ein, vielleicht auch auf fünfzehn.
»Mein Name ist Phil Sawyer. Ich und mein Bruder Tom waren heute zusammen mit unserer Mutter, Nicole Sawyer, im Einkaufszentrum. Sie hat den Friseur besucht, während wir in der Mall waren. Sie wollte uns abholen, wenn sie mit ihrem Termin fertig war, doch wir haben sie nun schon seit drei Stunden nicht mehr gesehen. Vom Friseur, mit dem wir schon gesprochen haben, haben wir erfahren, dass sie sich dort bereits vor über zwei Stunden verabschiedet und den Laden verlassen hat. Seitdem fehlt von ihr jede Spur.«
Jacob Maloney ließ den Hörer langsam sinken. Nicole Sawyer. Der Name kam ihm nur allzu bekannt vor.
»Das wird sich bestimmt bald aufklären«, sagte er zu dem Jungen.
»Wir haben sie aber seit drei Stunden nicht mehr gesehen, obwohl wir es vorher ganz genau abgesprochen haben. Könnten Sie nicht vielleicht eine Vermisstenanzeige aufgeben und nach ihr suchen?«

Maloney sah Garcia an, der einen Großteil des Gespräches mitbekommen hatte. Er nickte.

»Okay, wir werden uns darum kümmern«, sagte Maloney daher.

»Vielen Dank. Sie kennen meine Mutter ja noch, oder nicht?«

»Ja, ich kenne sie noch.«

Maloney schluckte. Es fiel ihm schwer, über das Thema zu sprechen, welches ihm viele schlaflose Nächte gebracht hatte.

»Okay. Ich hoffe, Sie haben Erfolg. Und ich werde mich auch sofort bei Ihnen melden, wenn sie hier auftauchen sollte.«

Phil Sawyer beendete das Gespräch, Maloney legte daraufhin den Hörer auf die Gabel und wandte sich an Garcia.

»Denkst du, es bringt etwas, jetzt schon nach ihr zu suchen?«

»Jacob«, meinte John.

»Du arbeitest jetzt schon lange genug hier, um zu wissen, dass es vonnöten ist, nach ihr zu suchen.«

»Okay, stimmt auch wieder«, gab Maloney zu.

»Wo ist eigentlich Shawn?«

»Der müsste in seinem Büro sein.«

»Okay, einen Moment.«

Jacob Maloney schob seinen Stuhl zurück und stand auf. Dann ging er zu der Tür des Büros von Shawn Andrews und klopfte leise an.

»Ja?«

Maloney öffnete und steckte den Kopf durch den Rahmen.

»Wir haben gerade eine Vermisstenanzeige hereinbekommen. Nicole Sawyer, die Frau von Ben, wird vermisst.«

»Okay. Und wo wurde sie zuletzt gesehen?«

Maloney erzählte ihm daraufhin knapp, was sie von Phil Sawyer erfahren hatten, und sagte:

»Würdest du mal mit Charles den möglichen Tatort untersuchen? Ich will ja nichts heraufbeschwören, aber das, was ihr Sohn da am Telefon erzählt hat...«

»Okay, ist gut.«

Shawn Andrews stand auf und klopfte an die Tür, die sich genau neben seinem Büro befand. Dort war das Büro des neuen Cops, der erst vor Kurzem bei ihnen angefangen hatte, weil sie einen Ersatz für Ben Sawyer gebraucht hatten. *Charles Reinhart* stand auf der Tür geschrieben.

»Charles?«

Andrews öffnete die Tür.

»Ja?«

Reinhart blickte von den Akten, die er gerade bearbeitete, auf.

»Wir haben etwas zu tun«, sagte Andrews.

»Eine Vermisstenanzeige. Wir müssen schauen, ob wir irgendetwas finden, das auf eine mögliche Entführung oder dergleichen schließen lässt.«

Reinhart schob den Schreibtischstuhl zurück und stand auf.

»Okay, ich bin bereit.«

Er zog sich hastig seine Uniform über, denn er hielt nicht viel davon, in Zivil unterwegs zu sein. Jeder sollte sofort sehen, mit wem er es zu tun hatte, wenn er Charles Reinhart gegenüberstand. Maloney kam nicht wirklich gut mit ihm klar, wahrscheinlich musste er sich erst noch an seinen neuen Kollegen gewöhnen. Andrews und Reinhart verabschiedeten sich von den beiden und stiegen in einen der drei Streifenwagen auf dem Parkplatz. Andrews startete den Motor und fuhr davon.

»Mal sehen, ob sie etwas finden«, meinte Garcia nun.

»Ich bin gespannt.«

»Es deutet leider alles auf eine Entführung hin. Aber mal

schauen, vielleicht taucht sie ja auch wieder auf. Hoffentlich.«
Maloney widmete sich nun wieder der aufgeschlagenen Zeitung vor seiner Nase. Nahezu jeden Tag, und das nun schon seit mehr als einem Jahr, ging es um immer das gleiche Thema: *Das Geisterhaus*. Der Mythos war noch lange nicht aufgeklärt, und Maloney hatte mittlerweile aufgegeben, nach Antworten zu suchen, die er sowieso nie bekommen würde. Es konnte sich dabei nur um paranormale Dinge handeln, anders war das Ganze nicht zu erklären. Aber das Haus war jetzt sowieso Geschichte, denn es existierte nicht mehr. Es war damals seine eigene Entscheidung gewesen, es für immer abzubrennen. Für dieses Grundstück hatte sich jedoch, trotz seiner Vorgeschichte, direkt ein Käufer gefunden: Die Firma *LLC* hatte darauf eine Lagerhalle errichtet, die sie nächsten Monat bereits beziehen wollte. Eingerichtet war sie aber immer noch nicht komplett, das Ganze würde sich also noch ein bisschen verzögern.

Shawn Andrews steuerte den Chevrolet Caprice durch den Wald. Es würde noch etwas über eine Stunde dauern, bis sie das Einkaufszentrum erreichen würden. Ein Ort voller Menschen - einige wollten dort ihre Einkäufe erledigen und andere stöberten einfach nur ziellos durch die Gegend. Eine Stunde später öffnete Reinhart die Beifahrertür und stieg aus. Er betrat den Parkplatz und betrachtete zunächst einmal die Umgebung.
»Okay«, meinte Andrews nun.
»Ich denke, wir sollten uns voneinander trennen. Ich gehe als Erstes zum Friseur und befrage dort alle Personen. Du gehst in dieser Zeit den Weg vom Einkaufszentrum zum Friseur ab und überprüfst auch gleich das Auto von Nicole Sawyer, das noch auf dem Parkplatz steht.«

Reinhart nickte.

»Gut, dann treffen wir uns später wieder beim Streifenwagen. Falls irgendetwas Außergewöhnliches passieren sollte, melde ich mich bei dir.«

4

»Was war das?«, fragte Dennis alarmiert.
»An der Decke läuft ein Countdown.«
Caleb deutete auf die Digitaluhr. Mittlerweile zeigte sie eine Zeit von zwei Stunden, neunundfünfzig Minuten und fünfzig Sekunden an.
»Mitternacht«, murmelte Dennis.
Caleb drehte sich um.
»Was?«
»In drei Stunden ist Mitternacht.«
Dennis tippte auf die Uhr, die er am Handgelenk trug.
»Was passiert dann? Was meinst du?«, fragte Caleb nervös.
»Wenn ich das mal wüsste. Lass uns besser zu den anderen zurückgehen und ihnen auch Bescheid geben.«
»Ja, ich denke das ist das Einzige, was wir momentan machen können.«
Caleb nahm den Verbandkasten und ging mit Dennis zu den anderen zurück. Diese waren still, und als sie ankamen, bedeutete Michael ihnen, ebenfalls nichts zu sagen. Auch Dennis und Caleb hörten jetzt die Musik und erkannten den Song *Ghostbusters*.
»Wo zur Hölle sind wir hier bloß gelandet?«, flüsterte Caleb.
Danach ging er auf Lauren zu, öffnete den grünen Kasten und schnitt etwas von dem Verbandmull ab. Während er das tat, sagte Dennis:
»In dem Raum, aus dem wir den Verbandkasten haben, haben wir eine Uhr entdeckt. Auf ihr läuft ein Countdown bis Mitternacht. Wir haben allerdings keine Ahnung, was dann passieren

wird, aber ich fürchte, dass es nichts Gutes sein wird.«
»Ja, das stimmt«, bestätigte Caleb.
»Außerdem haben wir einen Benzinkanister und daneben eine Schachtel mit Streichhölzern gefunden. Auf einem Blatt Papier stand, dass wir einen Weg wählen sollen, wie wir in die Hölle kommen wollen. Schnell, mit dem Kanister oder langsam und qualvoll ohne ihn.«
»Was ist das denn bloß für eine Scheiße«, murmelte Joshua wütend.
»Ich fürchte, es hat irgendetwas mit dem Geisterhaus zu tun. Warum ausgerechnet Mitternacht? Geisterstunde? Versteht ihr?«, fragte Joan.
»Ja«, meinte auch Lauren und nickte.
»Aber...«
Sie hielt kurz inne, während Caleb ihr den Verband vollständig um die Platzwunde wickelte. Sie trug jetzt eine Art Turban.
»Danke«, murmelte sie.
»Ich glaube allerdings nicht daran«, fuhr sie fort.
»Es ist schon sehr, sehr unwahrscheinlich, finde ich.«
»Aber was soll es denn sonst sein?«, fragte Maya.
Sie fand, dass Joans Erläuterungen durchweg logisch klangen.
»Dazu dann noch die Musik... warum ausgerechnet dieses Lied? Es wird schon alles seinen Sinn haben, glaub mir.«
»Na gut.«
»Es muss aber doch irgendeine Möglichkeit geben, wie wir hier rauskommen. Ich meine... diese Lagerhalle ist riesig, und wir haben sie noch nicht einmal richtig durchsucht. Vielleicht finden wir ja irgendetwas, das uns weiterhilft. Kommt, wir teilen uns in zwei Gruppen auf, dann können wir die Halle erkunden«, sagte Michael nach einem Moment des Schweigens.

»Ich denke, die Idee ist gut«, meinte Horatio.
»Okay, was sagen die anderen dazu?«
Alle stimmten ihm zu, und sie begannen daraufhin, zwei Gruppen zu bilden. Caleb, Lauren, Michael, Joan und Cathy bildeten die eine, Dennis, Maya, Joshua, Nicole und Horatio die andere.
»Wir treffen uns später wieder hier«, sagte Michael.
»Und falls irgendetwas passieren sollte, dann kommt einer von euch zu uns oder ihr schreit laut.«
Sie verabschiedeten sich voneinander und schlugen dann getrennte Wege ein. Caleb leitete seinen Teil der Gruppe zu dem eingeschlagenen Fenster, hinter dem sich der Benzinkanister befand.
»Dort«, sagte er und deutete auf den roten Kanister.
Lauren zog eine Augenbraue hoch und hob ihn auf, den Streichhölzern schenkte sie zunächst gar keine Beachtung.
»Ich denke, das ist ein Zeichen.«
Alle sahen sie an.
»Ich wurde entführt, nachdem ein Polizist mir mit diesem Kanister Benzin in den Tank gekippt hat. Oder wahrscheinlich eher... Wasser. Je nachdem. Es brachte mich auf jeden Fall nicht wieter, und danach wurde ich auch schon überwältigt und entführt.«
Sie öffnete den Deckel und roch an der Flüssigkeit.
»Okay, das hier ist eindeutig Benzin.«
Sie rümpfte die Nase.
Caleb nahm währenddessen die Botschaft zur Hand und reichte sie herum. Die anderen schüttelten den Kopf, denn niemand von ihnen konnte den Sinn dieser Worte entschlüsseln.
»Das ist echt deprimierend«, meinte Caleb.
»Wir kommen einfach nicht weiter und die Zeit läuft uns davon.«

Die Uhr zeigte mittlerweile nur noch zwei Stunden und siebenundvierzig Minuten an.
»Ich verstehe einfach nicht, was das Ganze soll«, murmelte Michael.
»Na ja, auf alle Fälle ist es dann genau Mitternacht. Ich glaube auch, dass es etwas mit dem Geisterhaus zu tun hat.«
»Bestimmt«, murmelte Cathy.
»Eine andere *sinnvolle* Erklärung gibt es einfach nicht.«
»Lasst uns noch ein bisschen überlegen, und dann erkunden wir unseren Teil weiter«, beschloss Caleb.

»Hier sind doch nur Regale«, meinte Nicole stöhnend.
»Was bringt es uns denn, hier nach etwas zu suchen?«
»Wir müssen es wenigstens probieren. Etwas anderes bleibt uns nicht übrig«, antwortete Horatio ruhig.
Er war der Erste, der die Tür, die hinter den Regalen verborgen lag, entdeckte, und er rief sofort aufgeregt:
»Schaut euch das mal an! Die haben wir ja noch gar nicht gesehen.«
»Wow«, murmelte Nicole.
»Eine Tür. Jede Wette, dass die abgeschlossen ist.«
Horatio wagte sich als Erster auf die Tür zu. Joshua hob seinen Blick, und wollte gerade laut aufschreien - doch es hätte sowieso nichts mehr gebracht: Horatio hatte nämlich bereits die Klinke heruntergedrückt, und damit den Sprengsatz aus, der gut sichtbar unten an der Tür deponiert war, betätigt. Er schrie auf, als mit einem lauten Knall seine Beine abgerissen wurden.

Michael hörte den Schrei infolge des lauten Knalls und wusste sofort, dass dies die Stimme des Mexikaners Horatio gewesen war.

»Scheiße«, murmelte er.

»Irgendetwas ist da drüben passiert. Wartet hier, ich gehe kurz zu der Gruppe.«

Ohne eine Antwort abzuwarten, lief Michael in die Richtung, aus der der Schrei erklungen war. Die Bodendielen knarzten unter seinen Schuhen, und er stolperte einmal fast, konnte sein Gleichgewicht dann jedoch mit Mühe halten. Der Griff des Taschenmessers, welches er immer bei sich trug, drückte unangenehm gegen seinen Oberschenkel. Schon wenig später hatte er die anderen, die sich bereits um Horatio gescharrt hatten, erreicht.

»Scheiße!«, schrie Josh.

Michael sah, dass dem Mexikaner beide Beine brutal abgetrennt worden waren. Die Bodendielen waren wie ein Krater um die Stelle herum geformt, neben der er lag. Es hatte also eine Explosion gegeben.

»Wie ist das passiert?«

Nicole erklärte ihm daraufhin mit zitternder Stimme, dass Horatio nur die Tür hatte öffnen wollen, und Josh ergänzte, dass er den Sprengsatz sofort durch ein rotes, blinkendes Lämpchen wahrgenommen, aber zu spät reagiert hatte.

»Ich konnte das Ganze nicht mehr verhindern. Dazu ging alles viel zu schnell«, versuchte er sich zu erklären.

»Was machen wir denn jetzt?«, fragte Maya entsetzt.

Ihr war der Schock deutlich anzusehen, jegliche Farbe war aus ihrem Gesicht gewichen.

»Horatio?«, fragte Michael und beugte sich über ihn.

»Kannst du mich hören?«

Horatio nickte. Er hatte das Bewusstsein nicht verloren, aber es

wirkte so, als stünde er kurz davor.
»Okay. Bleib jetzt ganz ruhig. Wir werden das wieder hinkriegen.«
Horatio stöhnte, während das Blut von seinem Oberschenkel auf den Boden sprudelte. Michael reagierte instinktiv, nahm seinen Gürtel von der Hose und versuchte, den Blutfluss mit einer Aderpresse zu stoppen. Was bisher niemand mitbekommen hatte, war, dass sich die Tür nach der Explosion geöffnet hatte. Ein kleiner Spalt von schwarzem Licht ließ sie erahnen, dass es dahinter weitergehen musste.
»Ich hole Caleb«, entschied Michael.
»Er hat den Verbandkasten, wobei der uns jetzt wohl kaum helfen wird. Wir müssen es aber versuchen. Übernimmst du den Gürtel, Nicole?«
Nicole versuchte den Blutfluss zu stoppen, während Michael ein ungutes Gefühl beschlich, als er zu dem anderen Teil der Gruppe lief. *Wir sitzen hier definitiv in einer Falle. Aber...* Eigentlich wollte er nicht einmal darüber nachdenken, aber er fürchtete, dass sie es tun mussten. Sie mussten den Abschnitt kontrollieren, der sich durch die Explosion geöffnet hatte. Sein Magen zog sich auf unangenehme Art und Weise zusammen. *Das kann doch nur weiteres Unheil verheißen. Normal ist das definitiv nicht.* Wenig später hatte Michael den Rest seiner Gruppe erreicht. Caleb, Lauren, Joan und Cathy blickten ihn erwartungsvoll an.
»Was ist denn passiert?«, fragte Joan.
In ihrer Stimme schwangen gleichermaßen Unsicherheit und Angst mit.
»Horatio hat eine Falle ausgelöst. Es gab eine Explosion. Er...«
»Was ist mit ihm?«, fragte Joan, etwas zu schnell, denn Michael

hatte seine Ausführungen noch gar nicht beendet.
»Er hat seine beiden Unterschenkel verloren. Aber... er ist zumindest noch am Leben.«
Schweigen legte sich über die fünf, denn alle waren zu sehr geschockt, um etwas sagen zu können. Caleb war es schließlich, der die Stille durchbrach.
»Ist er denn noch bei Bewusstsein?«
»Ja.«
»Okay.«
»Wir sollten schnell nach ihm sehen. Ich kann ja versuchen, seine Wunden zu verbinden.«
»Mach dir keine großen Hoffnungen«, murmelte Michael.
Er klang resigniert.
»Ich fürchte, er wird es nicht überleben.«
»Ich sollte es doch wohl wenigstens versuchen. Kommt.«
Caleb, Michael und der Rest gingen wieder zu den anderen zurück.
»Die Tür hat sich aber wenigstens geöffnet«, sagte Michael auf dem Weg.
Caleb blickte ihn erwartungsvoll an, denn er wusste genau, worauf Michael hinauswollte.
»Das könnte unseren Weg in die Freiheit bedeuten«, schlussfolgerte er.

5

Reinhart wusste nicht, was er nun tun sollte. Andrews hatte ihm zwar klar zu verstehen gegeben, dass er sich in dem Einkaufszentrum und der näheren Umgebung umschauen sollte, doch er wusste nicht, worin genau der Sinn seiner Tätigkeit bestand. *Ihr Verschwinden ist doch schon Stunden her. So kommen wir nicht weiter*, dachte er. *Das ergibt doch alles keinen Sinn.* Reinhart schüttelte den Kopf. *Andrews macht natürlich die Aufgaben, die wirklich Sinn ergeben. Na ja. Vielleicht sollte ich ihm stattdessen besser folgen.* Er ging gerade gedankenverloren den Weg durch die Gasse zu dem Friseursalon, als er plötzlich schwarze Rauchschwaden bemerkte und das Martinshorn der Feuerwehr hörte. *Was ist passiert?*, fragte er sich, erhöhte sein Tempo und lief die letzten Meter auf das brennende Gebäude zu.

»Shawn?«, rief er.

»Ja?«

»Alles okay bei dir?«

Andrews trat jetzt aus dem Schatten heraus, putzte sich den Ruß von der Uniform und sagte:

»Bei mir ja, aber im Inneren befinden sich drei vollständig verkohlte Leichen. Das Gebäude stand schon in Flammen, als ich dort ankam, und ich habe bereits die Feuerwehr alarmiert und dann versucht, mit dem Feuerlöscher den Brand zu bekämpfen.«

Reinhart hob seinen Blick in Richtung Himmel, und sah, dass die Rauchschwaden wie schwarze Wolken in die Luft stiegen. Es hatte sich bereits eine Menschentraube vor dem Gebäude versammelt, und einige fotografierten sogar das brennende

Haus. Reinhart spürte sofort Wut in sich aufsteigen. *Diese beschissenen Gaffer. Haben die nichts Besseres zu tun?*
»Soll ich die Leute mal wegschicken? Sie behindern schließlich unsere Arbeit.«
Er deutete auf die Menschentraube.
»Ja, mach das. Ich warte, bis die Feuerwehr eingetroffen ist.«
Reinhart ging auf die Gruppe zu und sagte:
»Polizei! Bitte verlassen Sie sofort diesen Ort und behindern unsere Arbeit nicht.«
»Behindern? Welche Arbeit denn?«, fragte ein Mann mittleren Alters.
»Gehen Sie, das ist ein Befehl.«
Die Menge zog jetzt nach und nach enttäuscht ab. Reinhart ging, als alle Menschen den Ort verlassen hatten, zu Andrews zurück.
»Denkst du, dass jemand den Brand gelegt hat?«
Andrews drehte sich daraufhin um und blickte ihn ernst an.
»Ich gehe stark von Brandstiftung aus. Sowas passiert ja schließlich nicht von alleine.«
Die Feuerwehr traf kurz darauf ein und sie versuchte, den Brand so gut es ging zu löschen. Dafür war es jedoch zu spät: *Joe's Hair Cut* war bereits vollkommen ausgebrannt. Die Leichen wurden aus dem Laden transportiert, und zur Obduktion in die Gerichtsmedizin gebracht.
»Jetzt haben wir auf die eigentliche Frage, nämlich auf die, wo sich Nicole Sawyer gerade aufhält, immer noch keine Antwort gefunden«, murmelte Reinhart.
»Wir müssen auf jeden Fall versuchen, dranzubleiben. Ich gehe jetzt noch einmal die Strecke vom Friseur zum Einkaufszentrum ab, und wenn wir dann nichts finden, können wir, denke

ich, wieder zurückfahren.«

»Ich habe den Weg schon kontrolliert und nichts Außergewöhnliches gefunden.«

Andrews zog einer Eingebung folgend sein Handy hervor, wählte eine Nummer und sagte:

»Maloney? Hier Andrews. Der Friseursalon, den die Vermisste vor ihrem Verschwinden besucht hat, wurde vermutlich angezündet, ich gehe stark von Brandstiftung aus. Es gibt keine Überlebenden. Die Leichen wurden der Gerichtsmedizin übergeben, und wenn sie obduziert wurden, dann haben wir vielleicht etwas Gewissheit. Und zu Nicole Sawyer gibt es nichts Neues.«

Wenig später beendete er das Gespräch wieder, legte auf und steckte das Handy in die Brusttasche seiner Uniform. Reinhart warf noch einen Blick zurück; der ehemalige Friseursalon war komplett schwarz. Er schüttelte den Kopf und überlegte. *Wer macht denn sowas? Und was ist überhaupt passiert?* Fragen über Fragen und es gab keine Antworten. Sie gingen zum Streifenwagen zurück, und Andrews setzte sich ans Steuer, als plötzlich sein Handy klingelte. Er zog eine Augenbraue hoch, nahm es aus der Tasche und warf einen Blick auf das Display. Dann nahm er den Anruf entgegen.

»Ja?«

»Shawn.«

Die Stimme am anderen Ende war ihm nur allzu bekannt. Sie klang warm und vertraut.

»Was gibt's?«

Reinhart warf ihm einen Blick zu, aber Andrews entschuldigte sich, öffnete die Tür und trat ins Freie, um sein Gespräch ungestört fortführen zu können.

»Hast du den Brand schon entdeckt?«
»Natürlich. Ich war gerade vor Ort. Warst du...«
»Ich musste es einfach tun. Der Friseur hat gesehen, wie Nicole entführt wurde. Glaub mir, ich musste ihn aus dem Weg schaffen. Es war die einzige Möglichkeit, die ich hatte.«
Andrews schüttelte den Kopf, in dem Wissen, dass sein Gesprächspartner dies nicht bemerkte.
»So kann das nicht weitergehen...«
»Oh doch, so kann und wird das weitergehen. Sie haben jetzt noch fünf Stunden Zeit, aber sie werden sowieso erst zur richtigen Zeit erwachen.«
»Bist du dir da sicher?«
»Natürlich. Es war genau das richtige.«
»Okay, wir sehen uns.«
»Bald.«
Dann wurde das Gespräch beendet, woraufhin ein leises, monotones Piepen in der Leitung erklang.

Reinhart hatte zwar nur wenige Worte von dem verstanden, was Andrews gesagt hatte, aber diese zusammenhanglosen Gesprächsfetzen hatten ausgereicht, um ihm einen Überblick zu verschaffen. *War das tatsächlich er gewesen? War er daran beteiligt gewesen? Ich sollte jetzt vorsichtig sein.* Wenig später öffnete Andrews die Autotür, sah dabei aber ziemlich gehetzt aus.
»Wir müssen los«, sagte er.
»Okay.«
Reinharts Finger glitten zu der Waffe, die er bei sich trug. *Soll ich es wagen? Nein. Später.*
»Was hast du eigentlich von dem Gespräch gerade mitbekom-

men, Charles?«

Sein Tonfall klang ungewohnt scharf. So kannte Reinhart seinen Kollegen bisher gar nicht. Er zuckte zusammen.

»Was sollte ich denn mitbekommen haben? Dass du weißt, wer den Brand gelegt hat?«

Reinhart zog nun doch seine Waffe.

»Du spielst offensichtlich ein falsches Spiel. Weißt du wo Nicole Sawyer ist? Dann raus damit!«

»Sie ist an einem geheimen Ort, den nur ich und eine weitere Person kennen. Und sie ist dort nicht alleine.«

Blitzschnell holte Andrews mit der Faust aus und schlug Reinhart mitten ins Gesicht. Er traf seine Nase, die laut knirschte, und Reinhart ließ vor Schreck die Waffe fallen. Sie fiel in den Fußraum, doch selbst, wenn er sich strecken würde, würde sie für ihn nicht mehr erreichbar sein.

»Und dich werde ich ebenfalls dorthin bringen, du mieses Stück Scheiße.«

Ein weiterer, gut platzierter Schlag schickte Charles Reinhart in eine tiefe Bewusstlosigkeit.

Sie beendete das Gespräch und war mit dem Ergebnis durchaus zufrieden. *Er lässt sich endlich aus der Reserve locken. Vielleicht geht er ja jetzt in die Offensive.* Die Entführung der zehn Personen war von langer Hand geplant gewesen, und sie war gespannt, wie diese sich in der Lagerhalle schlagen würden. Nun hieß es aber erst einmal abwarten. Es war zwar nicht ideal gewesen, den Friseursalon in Brand zu stecken, aber sie hatte es tun müssen, denn der Friseur hatte gesehen, wie sie Nicole entführt hatte. Jetzt musste sie nur noch warten, bis Andrews sich erneut meldete.

Das Telefon klingelte, und wieder war es Jacob Maloney, der den Hörer abnahm.
»Maloney?«
»Hallo, Maloney. Hier spricht Gusman.«
Jacob wusste sofort, mit wem er es zu tun hatte. Am anderen Ende der Leitung befand sich ihr Gerichtsmediziner, Richard Gusman.
»Es geht um die drei Leichen, die wir aus dem Friseursalon geborgen haben. Sie waren zwar unglaublich verbrannt, aber ich kann dennoch mit hundertprozentiger Gewissheit sagen, dass sie nicht durch das Feuer gestorben sind.«
Maloney wusste sofort, was das zu bedeuten hatte.
»Sie wurden umgebracht?«
»Ja. Der Inhaber des Salons, Joe Cross, starb ganz offensichtlich durch eine Messerattacke. Er wurde, genau wie seine beiden Kolleginnen, nahezu ausgeweidet.«
Maloney musste schlucken um die Neuigkeiten zu verdauen.
»Oh mein Gott. Das klingt ja furchtbar.«
»So sehen die Leichen auch aus. Ich fürchte, das bedeutet einiges an Arbeit.«
Maloney verabschiedete sich von Gusman und legte auf. Er gab Garcia die Neuigkeiten weiter, der sich gerade mit der Ortung von Nicole Sawyers Handy beschäftigte.
»Vielleicht bringt das ja was«, hatte er gesagt und den Computer hochgefahren.
Die Nummer hatten sie von Phil Sawyer erhalten, der mit jeder Sekunde verzweifelter wurde, genau wie sein Bruder Tom. Die beiden taten Maloney leid, denn er glaubte mittlerweile, dass das Massaker im Friseursalon etwas mit dem Verschwinden von Nicole zu tun hatte. Es passte einfach perfekt zusammen,

so sehr er auch hoffte, dass seine Vermutung nicht der Wahrheit entsprach. Jetzt mussten sie wohl einfach abwarten, denn es durfte eigentlich nicht mehr lange dauern, bis Andrews und Reinhart wieder auftauchen würden.

Andrews hatte sein Ziel schon genau vor Augen, und es war auf keinen Fall das *Sheriffs Office*. Oh nein, zunächst einmal stand ein Treffen mit *ihr* bevor. Er wollte es eigentlich gar nicht, aber obwohl sie die Worte nicht offen ausgesprochen hatte, verlangte sie es, und dagegen war er vollkommen machtlos. Er startete nun den Motor und fuhr wieder in Richtung des Waldes. Reinhart würde ihm bestimmt keine Probleme mehr bereiten, denn Andrews hatte ihn für eine gewisse Zeit ruhiggestellt. *Lange genug zumindest*. Es dauerte etwas, bis er sein Ziel erreicht hatte - einen blauen Container, mitten im Wald… der blaue Container, in dem er sich bisher auch immer mit ihr getroffen hatte. Er stellte den Streifenwagen jetzt in der Parkbucht ab und zog den schweren Körper von Reinhart aus der Autotür. Dann öffnete er den Kofferraum, wuchtete seinen bewusstlosen Kollegen hinein und schlug die Klappe zu. Das vertraute Klicken war zwar nicht zu hören, doch das kümmerte Andrews nicht, denn er war viel zu sehr auf das Treffen gespannt und auf die damit einhergehenden Neuigkeiten. Er ging mit einem mulmigen Gefühl im Bauch auf den Container zu, klopfte und hörte schon bald darauf Schritte aus dem Inneren. Wenig später stand er bereits vor der geöffneten Tür.
»Shawn«, sagte Verena.
»Komm doch rein.«
Andrews folgte ihr und setzte sich auf die alte Couch.
»Hast du jemanden dabei?«

»Ja. Meinen neuen Kollegen.«
Verena zog eine Augenbraue hoch.
»Eine ganz normale Person hätte mir auch gereicht. Aber na ja, umso besser. Wo ist er denn jetzt?«
»Sicher verwahrt in meinem Kofferraum.«
Ist er das auch wirklich?, fragte eine Stimme in Andrews jetzt plötzlich. *Mach dich mal nicht verrückt*, antwortete wiederum eine andere. Er entschied sich dazu, dem zweiten Rat zu folgen.
»Gut. Wir müssen jetzt los, denn es muss erledigt sein, bevor sie aufwachen.«
Andrews stand auf, schenkte sich ein Glas Wasser ein und kam dann wieder zurück.
»Da haben wir ja noch Zeit für. Wir haben ja schließlich keine Eile.«
»Je früher, desto besser.«
»Okay, da hast du auch wieder Recht.«
Andrews leerte sein Glas in einem Zug, stellte es auf den Tisch und sagte:
»Dann mal nichts wie los.«
»Einen kleinen Moment noch.«
Verena öffnete nun den Schrank mit dem teuflischen Inhalt.
»Was denkst du, wie viele von ihnen werden überleben?«, fragte Andrews.
»War denn überhaupt jemals die Rede von Überlebenden?«
Sie schüttelte den Kopf.
»Vielleicht wird es welche geben, vielleicht aber auch nicht. Sie müssen sich nur zu helfen wissen, wenn es darauf ankommt.«
»Um Mitternacht.«
Es war mehr eine Feststellung als eine Frage, trotzdem nickte Verena.

»Wollen wir noch schnell etwas essen, bevor wir losfahren? Ich fürchte nämlich, der Abend könnte lang werden. Ich habe noch Rindfleisch und Kartoffeln hier.«
Andrews leckte sich über die Lippen.
»Das klingt gut. Ich habe heute schon länger nichts mehr gegessen.«
Verena ging nun in die kleine Küchenzeile und wärmte etwas von dem Fleisch und den Kartoffeln auf. Danach aßen sie. Das Fleisch war zwar trocken, aber es schmeckte Andrews dennoch, denn es füllte seinen Magen wenigstens etwas. Verena räumte die Teller wieder ab und stellte sie auf die Ablage. Danach verließen sie den Container und Andrews ging auf den Streifenwagen zu. Schon von Weitem konnte er sehen, dass etwas ganz und gar nicht stimmte. Er schluckte, denn plötzlich befand sich ein Kloß von der Größe eines Felsbrockens in seinem Hals.
»Shawn?«
Verenas Ton klang scharf.
Der Grund dafür war recht einfach: Die Kofferraumklappe stand offen und Charles Reinhart war verschwunden.

6

Wenig später hatten sie den Rest der Gruppe, die sich immer noch um Horatios Körper scharrte, erreicht. Caleb stellte den Verbandkasten ab und sagte:
»Ich werde mich darum kümmern, dass seine Wunden wenigstens ein wenig verarztet werden. Du kannst mir den Gürtel überlassen, Nicole. Ein Teil von euch sieht sich in dieser Zeit hinter der Tür um, die sich geöffnet hat, okay?«
»Ja, ich denke, das ist eine gute Idee«, warf Joan ein.
»Wer weiß, was uns dort erwartet. Ich werde auf jeden Fall mitkommen.«
»Okay. Da Caleb hierbleibt, komme ich ebenfalls mit. Wer will noch mitgehen?«, fragte Michael.
Zögerlich hoben Maya und Dennis die Hände.
»Ich denke vier Personen reichen. Oder?«
Sie nickten. Michael, Joan, Maya und Dennis machten sich daraufhin auf den Weg, und Caleb versuchte, Horatio am Leben zu erhalten. Es stand nicht wirklich gut um ihn, das wusste er, aber er war von Grund auf optimistisch und glaubte deshalb auch jetzt noch daran, dass Horatio es schaffen würde. *Immer positiv bleiben. Wenn ich jetzt anfange, negativ zu denken, dann habe ich schon verloren.* Er schüttelte den Kopf. Lauren legte einen Arm um ihn und flüsterte:
»Danke, dass du mich vorhin verarztet hast. Ich weiß das wirklich zu schätzen.«
Caleb errötete.
»Das ist doch nichts, wofür du dich bedanken musst. Das ist in einer solchen Situation doch selbstverständlich.«

»Das sehe ich aber nicht so, ich bin dir deshalb wirklich sehr dankbar. Kann ich dir vielleicht irgendwie helfen?«
Caleb sah Horatio an, der sich immer noch nicht regte. Aber sein Puls war da, wenn auch nur schwach, also war er noch am Leben. Er wischte sich einen Schweißfilm von der Stirn und sagte:
»Ich weiß nicht, was ich tun soll. Das Ganze ist echt knifflig, vor allem, wenn, man keine Ahnung von so etwas hat.«
»Echt?«, fragte Lauren und lachte.
»Du hast mir bisher den Eindruck gemacht, als seist du Arzt oder so etwas in der Art.«
»Schön wär's, aber da muss ich dich leider enttäuschen. Ich bin nicht mehr als ein einfacher Arbeiter.«
»Kommt ihr gut voran?«, fragte Nicole plötzlich.
Sie, Joshua und Cathy standen direkt hinter ihnen.
»Na ja, ich fürchte, wir müssen erst einmal abwarten.«
»Wir drei schauen uns jetzt noch einmal gründlich in der Halle um, vielleicht finden wir ja so etwas wie einen Ausgang.«
In Nicoles Worten schwang eine deutliche Menge Sarkasmus mit. *Zeitvertreib*, dachte Caleb. *Es ist für sie nicht mehr als ein Zeitvertreib. Es gibt hier keinen Ausgang.* So erschreckend seine Gedanken für ihn selbst auch klangen, sie waren die Wahrheit, das wusste er instinktiv.
»Ja, macht ihr das mal. Hoffentlich werdet ihr fündig.«
Joshua lachte, zwar gequält, aber wenigstens *lachte* er.
»Das wäre aber eine sehr große Überraschung. Bis gleich.«
Die drei verschwanden daraufhin hinter den großen Regalreihen, während Caleb darauf wartete, dass Horatio aus seiner Bewusstlosigkeit erwachen würde. *Mach dir keine großen Hoffnungen. Wenn das überhaupt passieren sollte, dann wird das*

noch eine ganze Weile dauern.
»Als was arbeitest du denn?«, fragte Lauren.
»Ich arbeite im Moment auf verschiedenen Baustellen, bin aber auf der Suche nach etwas Festem, etwas, wo ich auch mehr Geld verdienen kann. Und du?«
»Ich bin noch an der Universität eingeschrieben.«
»Was studierst du?«
»Biologie.«
Sie grinste.
»Das ist mitunter echt interessant.«
»Das glaube ich dir.«
Sie schwiegen ein paar Sekunden, bis Lauren sich kurz umdrehte und sich vergewisserte, ob sie jemand beobachtete.
»Danke nochmal.«
Sie legte einen Arm um ihn, und zog ihn auf einmal an sich heran.
»Dafür musst du dich wirklich nicht bedanken. Das ist quasi meine Pflicht gewesen«, wiederholte er.
»Nein, das war es nicht. Das war überhaupt nicht selbstverständlich, und das weißt du auch.«
Sie umarmte ihn, und zog ihn dann noch näher zu sich heran.
»Danke«, flüsterte sie erneut, presste sich an ihn und drückte ihm einen Kuss auf den Mund.
Caleb erwiderte ihre Umarmung; ihre Lippen schmeckten gut, er wollte sich gar nicht wieder von ihnen lösen. Außerdem hatte er ein Gefühl im Bauch, welches er zwar kannte, aber schon eine gefühlte Ewigkeit nicht mehr hatte erleben dürfen. Wenig später lösten sie sich wieder voneinander, Lauren deutete auf Horatio und meinte:
»Wir dürfen ihn nicht aus den Augen lassen.«

Ein schwaches Grinsen zeichnete sich nun auf ihren Mundwinkeln ab.

»So, und was genau wollen wir jetzt suchen? Ich habe bestimmt keine Lust, auch meine Beine zu verlieren«, murmelte Joshua.
»Das wirst du schon nicht«, unterbrach ihn Nicole.
»Wir müssen nach einem Ausgang suchen, etwas anderes bleibt uns nicht übrig.«
»Ja«, bestätigte Cathy.
»Das ist allemal besser, als hier herum zu hocken und gar nichts zu tun.«
Joshua murmelte daraufhin irgendetwas Unverständliches vor sich hin, beachtete die anderen gar nicht und ging einfach weiter.
»Er ist ein bisschen komisch, oder?«, flüsterte Cathy.
»Ja, definitiv.«
Es dauerte eine Weile, bis sie die Stelle erreicht hatten, an der Caleb vor Kurzem das Fenster eingeschlagen hatte. Die beiden Türen waren allerdings geschlossen, es musste also eine andere Lösung her.
»Was nun?«, fragte Joshua.
In seiner Stimme schwang deutliche Genugtuung mit.
»Was wohl? Wir suchen weiter.«
Auch sie entdeckten relativ schnell den Kanister, von dem Caleb erzählt hatte.
»Ich nehme den mal lieber mit«, meinte Joshua.
»Vielleicht brauchen wir ihn später noch.«

Michael, Joan, Maya und Dennis betraten derweil einen Raum, der komplett in Dunkelheit gehüllt war. Es war schwer, etwas

Erkennen zu können, zumal sie keine Taschenlampen bei sich trugen. Michael tastete sich vorsichtig an der Wand entlang. Er fühlte sich wie in einer engen Höhle, und war die ganze Zeit über äußerst angespannt. *Was werden wir wohl finden?* Dass es etwas gab, was sie nicht entdecken sollten, war klar, denn sonst wäre der Sprengsatz wohl kaum dort deponiert gewesen.

»Scheiße, gibt es hier nicht irgendwo Licht?«, fragte Maya mehr sich selbst als die anderen.

»Ich denke nicht.«

Sie gingen weiter, und wagten sich dabei immer tiefer in die unbehagliche Dunkelheit vor.

»Ich glaube, wir finden hier nichts«, murmelte Dennis.

»Abwarten. Wir haben noch nicht alles abgesucht«, zischte Michael.

Plötzlich erkannte er einen schwachen Lichtschein, der unter einer Tür hervorzukommen schien. Er reichte zwar nicht aus, um die Gegend zu erleuchten, aber es war deutlich zu erkennen, welchen Weg sie einschlagen mussten, um die Helligkeit zu erreichen.

»Da!«, flüsterte Maya.

Michael konnte zwar nicht sehen, worauf sie zeigte, aber er wusste auch so, dass sie ebenfalls das Licht entdeckt hatte.

»Lasst uns dorthin gehen.«

Er leitete sie vorsichtig zu der Tür, es dauerte zwei Minuten, bis sie diese erreicht hatten; zwei Minuten, in denen sie sich in der Dunkelheit zurechtfinden mussten. Es gelang ihnen schließlich und Michael legte seine Hand auf den Türgriff und drückte ihn ängstlich herunter. Was dann passierte, geschah so schnell, dass sie es kaum realisieren konnten: die Tür öffnete sich zwar, aber dafür fiel die schwere Eisentür hinter ihnen, die sich durch das

Auslösen des Sprengsatzes geöffnet hatte, ins Schloss - und nahm sie in dem komplett dunklen Gang mit dem erleuchteten Raum vor ihnen gefangen.

Caleb schreckte von dem lauten Geräusch auf.
»Was war das denn?«, fragte Lauren alarmiert.
»Die Tür«, antwortete er beklommen.
»Sie ist einfach zugefallen.«
Lauren hob erschrocken ihren Kopf. Und tatsächlich: Der dunkle Gang, in dem Dennis, Maya, Joan und Michael verschwunden waren, lag hinter der nun verschlossenen Eisentür.
»Was hat das alles zu bedeuten?«, überlegte Lauren laut.
»Ich fürchte nichts Gutes.«

Auch Nicole, Joshua und Cathy hatten das laute Knallen der Eisentür wahrgenommen. Nicole drehte sich um, während Joshua den Kanister abstellte.
»Das kann nur die Tür gewesen sein. Sie werden wohl irgendeinen Mechanismus ausgelöst haben. Oder... sie sind abgehauen.«
»Ohne uns? Das kann ich mir nicht vorstellen«, murmelte Cathy.
»Aus was für einem Grund denn?«, fragte nun auch Nicole.
»Ich weiß es nicht. Aber es kann doch sein. Lasst uns zu Caleb und Lauren gehen, falls die noch da sein sollten.«

Die Tür war offen, und das Licht an. Der Raum vor ihnen war nicht unbedingt groß, und den Wänden hingen viele Bilder. Michael trat einen Schritt nach vorne und sagte:
»Schaut mal. Dort steht, dass wir hier alle Personen sehen kön-

nen, die im Geisterhaus ums Leben gekommen sind.«
Joan begutachtete die Fotos und sagte kurz darauf:
»Das dort ist Ben Sawyer, der Mann von Nicole.«
Alle sahen sich das Bild an, auf welches sie deutete.
»Und das da sind wir«, murmelte Dennis ungläubig.
Michael drehte sich um, und sah das, was Dennis bereits angekündigt hatte: an der rechten Wand hingen zehn Bildern. Zehn Porträtfotos, die sie alle zeigten. Michael entdeckte sich selbst an zweiter Stelle, hinter Joshua. Dahinter kamen Horatio, Caleb und Dennis, hinter ihnen die fünf Frauen Cathy, Nicole, Joan, Maya und Lauren.
»Scheiße. Was hat das zu bedeuten?«, fragte Maya ängstlich.
»Was das zu bedeuten hat? Dass wir hier sterben werden, verdammte Scheiße!«, schrie Dennis aufgebracht.
»Schrei mich nicht an!«, rief Maya.
»Ich kann schließlich auch nichts dafür.«
»Entschuldigung. Aber das war eine dämliche Frage?«
»Ich will hier nicht sterben. Du etwa?«
»Nein, verdammt!«
»Hört endlich auf euch anzumeckern, Mann! Das führt doch zu nichts!«, sagte Michael.
»Seid jetzt mal alle still!«, rief Joan.
Stille legte sich über den kleinen Teil der Gruppe. Und dann hörten sie es auch. Ein leises Stöhnen hinter der Tür, die sie in einen weiteren Raum hineinführte.

»Was machen wir denn jetzt? Es kann doch nicht sein, dass wir hier eingesperrt sind«, meinte Lauren.
»Hoffentlich finden die anderen einen Ausweg.«
»Ja, hoffentlich.«

Mehr als Hoffnung blieb ihnen nicht, sie mussten wohl oder übel einfach warten und versuchen, Horatio währenddessen am Leben zu erhalten. Aus der Ferne konnte Caleb bereits die Silhouetten von Cathy, Nicole und Joshua wahrnehmen. Sie kamen ihnen langsam entgegen, was wohl bedeuten mochte, dass sie nichts gefunden hatten.

»Und?«, fragte Caleb mit der schwachen Hoffnung, dass sich seine Vermutung nicht bestätigen würde.

»Nichts, außer dem Kanister. Ich denke mal, es ist besser, wenn wir ihn überallhin mitnehmen.«

»Wozu denn? Um das Ganze hier in Brand zu stecken?«

»Vielleicht wird es ja irgendwann notwendig sein.«

»Oh nein, ganz bestimmt nicht.«

Caleb schüttelte den Kopf, obwohl er tief in seinem Inneren wusste, dass Joshua recht haben könnte. Sie waren schließlich nicht ohne Grund in dieser verlassenen Lagerhalle gefangen. Es ging hier um Leben und Tod, das wurde ihm mehr und mehr bewusst.

7

Wie lange ist er jetzt schon weg?, fragte sich Charles Reinhart. Fünf Minuten waren bestimmt schon vergangen. Er hatte sein Bewusstsein wiedererlangt, als Shawn Andrews ihm den Fuß schmerzhaft im Kofferraum eingeklemmt hatte, ganz offensichtlich hatte sich sein Kollege nicht vergewissert, dass der Kofferraumdeckel wirklich geschlossen war, anders konnte sich Reinhart diesen Fehler nicht erklären. Er rappelte sich mühsam auf; jeder einzelne Knochen schmerzte ihm, am meisten seine Nase, doch es gelang ihm trotzdem, den Deckel ganz zu öffnen und den Kofferraum zu verlassen. Er fiel auf den harten Kies der Parkbucht, rappelte sich auf und versuchte dann, in den Wald zu fliehen. *So wird er mich nicht finden. Er und sein Telefonpartner.* Er drehte sich um und erblickte einen blauen Container. *Dort wird er drin sein. Ich habe nicht mehr viel Zeit.* Reinhart versuchte, an einem der Bäume im abgelegeneren Teil des Waldes, in dem man ihn nicht so schnell entdecken würde, Halt zu finden. Er setzte sich vorsichtig auf das weiche Moos und untersuchte erst einmal seine Verletzungen. Er stöhnte vor Schmerz, als er eine verkrustete Platzwunde an der Stirn betastete und betrachtete dann seinen Fuß. Dieser war an der Stelle, an der ihn die Kofferraumklappe mit voller Wucht getroffen hatte, ganz dunkelblau. Die Stelle schmerzte, und als er seine Hand darauf legte schwanden ihm beinahe die Sinne. *Scheiße*, dachte er. *Damit komme ich bestimmt nicht weit.* Reinhart stöhnte auf. Was sollte er nun tun. Warten? Das kam für ihn eigentlich nicht infrage, aber ihm blieb wohl nichts anderes übrig. Noch tiefer in den Wald hinein? *Ich sollte wenigstens*

versuchen, noch etwas tiefer in den Wald zu gehen, damit ich nicht sofort entdeckt werde.
Andrews würde ihn auf gar keinen Fall gehen lassen, dazu wusste Reinhart einfach zu viel, schließlich hatte er alles mitbekommen. Er rappelte sich vorsichtig auf, drückte sich gegen den moosbewachsenen Stamm einer Kiefer und setzte dann seinen Weg mehr oder weniger humpelnd fort. Er warf immer wieder einen panischen Blick über seine Schulter, denn er wollte keinesfalls, dass Andrews ihn entdeckte.

»Scheiße«, stieß Andrews aus.
»Allerdings.«
Verena schüttelte den Kopf. Sie war wütend, und Andrews konnte sie verstehen. *Ich bin ein Vollidiot*, dachte er. *Ich bin ein verdammter Vollidiot.* Reinhart hatte offenbar alles mitbekommen - und würde es garantiert an Garcia und Maloney weitergeben, und was dann passieren würde, war ihm durchaus bewusst. Er würde seinen Job verlieren, und man würde ihn einsperren. Verena würde wahrscheinlich davonkommen und würde ihr Leben so weiterführen können wie bisher, nur er nicht, denn das war ihm offenbar einfach nicht vergönnt.
»Wir müssen ihn suchen gehen. Los!«, rief Andrews panisch.
Aber Verena lachte nur.
»Na ob du damit Erfolg haben wirst... Ich werde aber nett sein, und dir helfen.«
Ihr Ton war scharf.
»Wir müssen uns beeilen. Vielleicht haben wir ja Glück.«

»Ich habe hier etwas gefunden! Ein Signal!«, stieß Garcia aus.
»Was?«, fragte Maloney.

»Zeig mal her.«

Er stand auf und ging zu dem Computer, vor dem der Sheriff saß.

»Ihr Handy liegt irgendwo mitten im Wald, der Position nach zu urteilen aber nicht in der Hütte – oder besser gesagt der Lagerhalle«

Maloney runzelte die Stirn.

»Vergrößere das Bild mal bitte.«

Garcia tat wie geheißen, aber das Bild wurde daraufhin immer verpixelter. Es war nichts Außergewöhnliches darauf zu erkennen, nur Bäume in einem tiefen Wald.

»Gibt es irgendwelche Anhaltspunkte?«

»Ja, dort.«

Garcia zeigte auf etwas auf dem Bildschirm.

»Dort ist eine Straße. Es ist also nicht allzu weit von der Straße entfernt.«

Maloney blickte ihn an.

»Meinst du, wir sollten dorthin fahren?«

»Ob ich das meine?«

Garcia sah ihn an, prüfte ihn mit einem kritischen Blick und sagte:

»Wir müssen, Jacob.«

Sie kämpften sich durch das Unterholz und wurden tatsächlich nach einiger Zeit fündig – auch, wenn es nur Fußabdrücke im Moos waren, die allerdings noch ziemlich frisch aussahen.

»Die können nur von ihm sein«, murmelte Andrews, sichtbar erleichtert, dass sie Spuren von Charles Reinhart gefunden hatten, selbst wenn es nur solche bedeutungslosen waren.

»Das hat aber gar nichts zu bedeuten. Er ist nicht hier, oder

siehst du ihn etwa?«, fragte Verena bissig.
Es fiel ihr schwer, ihre Wut zurückzuhalten. Sie schüttelte den Kopf. *So ein Idiot! Und der nennt sich erfahrener Polizist? Ein Nichts ist er. Ein absoluter Niemand.* Ein erfahrener Polizist würde einen solchen Fehler gar nicht erst begehen, dessen war sich Verena sicher. Aber er war nun einmal der einzige korrupte Cop, den sie auf die Schnelle hatte auftreiben können. Verena rang sich ein Grinsen ab. *Danke Gabriel Ashbury.* Ihr letzter „Kunde", bevor sie ihren Beruf endgültig an den Nagel gehängt hatte, hatte eine ganze Stange Geld besessen. Auf seinem Konto hatten sich weit mehr als fünfzigtausend Dollar befunden. *Ich sollte ihm dankbar sein.* Ohne ihn wäre es gar nicht erst so weit gekommen, und sie wäre schon beim ersten Schritt, bei dem Geld, gescheitert. So hatte sie genug, um Andrews bestechen zu können, und dieser hatte sofort kleinbeigegeben und ihr bei ihrem Vorhaben geholfen. Aber nun hatte er einen vielleicht entscheidenden Fehler begangen, einen Fehler, der alles, was sie so mühsam aufgebaut hatte, zerstören könnte. Aber sie hatten ja noch Zeit, sie durften keinesfalls aufgeben, jetzt noch nicht. *Jetzt ist es noch zu früh.*
»Weiter«, sagte Verena.
»Los!«
Andrews folgte ihrem Befehl sofort, denn er wusste, dass er etwas gutzumachen hatte. Er hörte in der Ferne das leise Rauschen eines Baches, hob seinen Blick, und sah auf einmal eine dunkle Gestalt, die mitten auf den Kieseln im kalten Wasser stand und ihn anstarrte.
»Scheiße!«
Er unterdrückte hastig einen Schrei.
»Was ist denn los?«, fragte Verena.

»Dort!«

Andrews zeigte auf die Gestalt im Bach.

»Ein Bär«, murmelte sie.

»Ein Schwarzbär.«

»Lass uns von hier verschwinden, bevor es zu spät ist.«

»Nein.«

Verena schüttelte bedächtig den Kopf. Andrews sah sie aus großen Augen an.

»Wie...?«

»Du musst zuerst deinen Kollegen finden, verdammt noch mal!«

»Aber dort ist ein Bär! Und meine Dienstwaffe liegt im Auto.«

»Das ist mir egal. Du musst deinen Fehler ausbügeln, und zwar so schnell es geht!«

Verenas Tonfall duldete absolut keine Widerrede, und Andrews verzweifelte immer mehr an der Situation. Sie schien ihm aussichtsloser denn je zu sein.

»Ich kann aber nicht...«

»Natürlich kannst du! Sei doch mal ein Mann, meine Güte, was ist denn daran so schwer?«

»Hallo?«

Auch Andrews wurde nun immer lauter.

»Das da ist ein ausgewachsener Schwarzbär. Eine Begegnung mit diesem Koloss ist tödlich. Du brauchst mich doch noch, oder etwa nicht?«

Verena verdrehte die Augen.

»Hol deine Waffe, sofort! Und beeile dich gefälligst.«

So schnell er konnte, lief Andrews zu dem Streifenwagen zurück. Er war extrem erleichtert, als er seine Waffe in der Hand spürte, ließ den Wagen einfach offen und ging dann wieder zu

Verena zurück. *Hoffentlich ist ihr nichts passiert*, dachte er. Die Böschung war ziemlich steil, er versuchte, nicht auszurutschen, und kam unbeschadet wieder bei Verena an, die jetzt hinter einem Baumstamm stand und den Bären aus sicherer Entfernung beobachtete.
»Los, mach schon!«
Hektisch visierte er sein Ziel an, betätigte den Abzug und schoss. Die Kugel traf den Bären genau in den Bauch, er sackte zu Boden, während Andrews zur Sicherheit noch zwei weitere Geschosse auf ihn abfeuerte. Danach regte sich das Tier nicht mehr.
»Gut, und jetzt weiter. Uns läuft die Zeit davon, dein lieber Kollege dürfte die Schüsse nämlich garantiert gehört haben.«

Kurze Zeit später hatte Reinhart den Bach erreicht. Es war eine Wohltat, seinen Fuß in das kalte Wasser tauchen zu können. Er schöpfte sich eine Hand voll ab und trank; es schmeckte köstlich. *Wenn da nur nicht diese Situation wäre... dann könnte ich den Tag glatt genießen. Aber so...* Er musste unbedingt den Wald durchqueren, irgendwie auf die andere Seite kommen und hoffen, dass ein Autofahrer ihn aufgabeln würde. Dann wäre er gerettet. Dieser Aspekt ermutigte ihn, und er versuchte, sich halbwegs normal zu bewegen, obwohl sein rechtes Bein bei jeder Bewegung höllisch wehtat. Er biss die Zähne zusammen, stützte sich regelmäßig an den Bäumen ab und ging dann langsam weiter. Der Boden erwies sich als äußerst hilfreich, denn er war weich und ab und zu von Tannenreisig bedeckt. Reinhart drehte sich immer wieder um, stellte aber fest, dass er nicht verfolgt wurde. *Ich könnte es tatsächlich schaffen.* Weitere Euphorie und gepaart mit Motivation durchflutete ihn. Angetrieben durch den leichten Spätsommerwind in seinem Rücken und der Tatsache, dass es nicht mehr weit bis zur Straße war, setzte Charles Reinhart seinen Weg fort. Neben ihm lag ein umgestürzter Baumstamm, offenbar durch einen Blitzeinschlag gefällt, denn ein Teil des Stammes war verkohlt. Der Wald lebte, an jeder Ecke wuselte irgendetwas durch sein Blickfeld, als er sich umsah. Doch plötzlich... *Was ist das?* Es konnte sich bei der dunklen Gestalt, die er in der Ferne wahrnahm, nur um einen Bären handeln. Er hatte exakt die Position, die Reinhart vorhin im Bach eingenommen hatte, ausgefüllt und blickte gerade in die entgegengesetzte Richtung. *Ruhig verhalten*, ermahnte er sich. *Der Vorteil ist, dass er dich gar nicht im Visier hat.* Er versuchte, nicht an den Bären zu denken, der höchstwahrscheinlich seinen Kollegen Andrews als Ziel hatte, und humpelte einfach weiter durch den Wald. Er hatte die Straße schon fast erreicht, als er plötzlich eine Salve aus mehreren, aufeinanderfolgenden Schüssen hörte.

8

Harry schulterte seinen Rucksack und schob sein Fahrrad von der Veranda auf den Waldboden. Er war bereit, es konnte losgehen.
»Schatz? Bist du fertig?«
Deborah steckte gerade ihren Kopf aus der Glastür.
»Dauert nicht mehr lange.«
Harry grinste in sich hinein. Sie brauchte immer länger als alle anderen, aber er war eigentlich sogar froh darüber, denn sie achtete, im Gegensatz zu einigen anderen Frauen, die er kannte, stets auf ihr Äußeres. Und sie sah wirklich verdammt gut aus, das konnte man nicht abstreiten. Es dauerte fünf weitere Minuten, bis auch sie ihr Fahrrad geholt hatte und sie sich auf den Weg machen konnten. Auf dem Weg zur Straße zerbrachen einige Äste und Tannenzapfen unter ihren Reifen. Der neue Asphalt, der vorher von Schlaglöchern und Unebenheiten übersät gewesen war, war nun ganz glatt und ebenerdig. Es war, im Gegensatz zu früher, angenehm, darüber zu fahren. Nur selten kam mal ein Auto vorbei und überholte sie, die meiste Zeit über hatten sie die gesamte Fahrbahn für sich. Harry genoss den Fahrtwind, der zwar warm, aber dennoch angenehm war. Außerdem spendete der Schatten, der durch das Blätterdach über ihren Köpfen entstand, etwas Abkühlung. Es war ein warmer Sommertag, aber da es im Wald allgemein immer etwas kühler war, ließ es sich gut aushalten. Es dauerte eine Stunde, bis der Wald schließlich endete. Sie waren in der Stadt angekommen und stellten ihre Fahrräder neben einer Bäckerei ab.
»Wollen wir einen Kaffee trinken und ein Stück Kuchen es-

sen?«, fragte Deborah.
»Das klingt gut.«
Harry lachte.
»Ich habe eh Hunger.«
Sie setzten sich draußen an einen Tisch, und Deborah bestellte zwei Stücke Kuchen und zwei Kaffee, die bereits kurze Zeit später vor ihnen standen. Sie aßen, tranken, und ließen ihren Blick immer wieder durch die Gegend schweifen. Der Kaffee schmeckte Harry sehr gut, obwohl er ziemlich stark war. Sein Teller war schnell leer, und schon wenig später setzten sie ihre Fahrradtour fort, die sie immer weiter durch die Stadt führte. Es ging an verschiedenen Läden vorbei, darunter auch das *Rusty's*, ein Restaurant, das es schon eine gefühlte Ewigkeit in dieser Stadt gab. Sie kamen irgendwann auch an einem Supermarkt vorbei, danach ging es auf offener Straße weiter. Der Weg war nun unangenehmer, da die Sonne jetzt von oben auf sie herabschien. Harry geriet schnell ins Schwitzen. Er versuchte, mit einer Hand den Fahrradlenker zu halten, kramte ein Taschentuch aus seiner Hosentasche hervor und wischte sich den Schweiß von der Stirn. Es war wirklich ziemlich heiß, das sah er nun ein, wo der Wind fast nicht mehr wehte. Als sie das Ende der Stadt erreicht hatten, drehten sie wieder um und machten sich auf den Rückweg. Sie fuhren zwar nun gegen den leichten Wind an, aber es war angenehm, denn er vertrieb die Schweißperlen von Harrys Stirn. Als sie wieder im Wald waren, kam auch noch der wohltuende Schatten hinzu.
»Herrlich«, rief Harry.
Deborah warf einen Blick zurück.
»Der Schatten.«
Sie lächelte.

»Ja, das stimmt.«

Es dauerte nicht lange, bis sie plötzlich etwas am Waldrand im Straßengraben sahen. *Was ist das?*, fragte sich Harry. *Sieht wie ein Mensch aus.*

»Hilfe! Bitte helfen Sie mir!«

Harry betätigte die Vorderbremse, bis das Rad endlich zum Stehen kam.

»Rufen Sie einen Krankenwagen!«

Der Mann war ungefähr Anfang dreißig und hatte eine große Platzwunde auf der Stirn. Er lag im Straßengraben und schien große Schmerzen zu haben.

»Bitte...«

»Warten Sie.«

Harry kramte sein Handy hervor.

»Scheiße«, murmelte er.

»Ich habe hier keinen Empfang. Dort drüben wohnen wir aber. Kommen Sie doch kurz mit zu uns, von dort aus kann ich auch einen Krankenwagen rufen.«

Der Mann biss sich auf die Zähne und rappelte sich mühsam auf. Er humpelte auf die Fahrräder zu und ging dann gemeinsam mit Harry und Deborah zu deren Haus. Sie stellten die Räder auf der Veranda ab, Harry öffnete hastig die Hintertür und ging dann als Erster in das Haus hinein. Hektisch griff er nach dem Telefon, wählte die 911 und nannte seine Adresse.

»Ein Krankenwagen ist unterwegs«, meinte er nun zu dem Mann, nachdem er das Gespräch beendet hatte.

»Was ist Ihnen überhaupt passiert? Und wer sind Sie?«

»Mein Name ist Charles Reinhart«, begann der Mann zu erzählen.

Als er fertig war, sagte Harry:

»Ihr Kollege ist also hinter Ihnen her? Hm. Möchten Sie vielleicht erstmal etwas trinken?«
Reinhart nickte.
»Ein Glas Wasser, bitte.«
»Und du?«
Harry sah Deborah an.
»Auch.«
Er verschwand daraufhin in der Küche und kam wenig später mit zwei Gläsern Wasser in der Hand wieder. Außerdem trug er noch eine Verbandrolle bei sich.
»Hier«, sagte er, stellte das Glas ab und gab Reinhart den Verband.
»Vielleicht kann ich Ihnen ja damit zumindest ein wenig helfen. Der Krankenwagen ist aber wie gesagt auch schon auf dem Weg.«
Reinhart nickte erneut.
»Vielen Dank. Ich weiß Ihre Hilfe wirklich sehr zu schätzen. Allerdings habe ich eine Frage.«
Harry runzelte die Stirn.
»Und die wäre?«
»Gibt es hier in der Nähe Bären?«
Harry lachte.
»Bären? Also ich habe noch keinen gesehen. Wieso?«
»Weil ich vorhin einen entdeckt habe. Er stand nur wenige Meter hinter mir, sah aber zum Glück nicht in meine Richtung.«
»Dann haben Sie ja noch einmal Glück gehabt. Mein Name ist übrigens Harry, das ist Deborah.«
Er zeigte auf seine Frau.
»Ich denke, wir könnten langsam mal zum *Du* übergehen.«
»Ja, das denke ich auch. Ich bin Charles. Freut mich dich ken-

nenzulernen, Harry.«
Er sah auch Deborah an.
»Wie kommt man darauf, so fernab vom Schuss zu wohnen?«, fragte Reinhart interessiert.
»Wir hatten das Leben in der Stadt irgendwann einfach satt. Tagein und tagaus immer nur der Lärm der Autos auf den Straßen, da wird man irgendwann wahnsinnig«, meinte Deborah.
»Das kann ich mir vorstellen. Aber nett habt ihr es hier.«
Reinhart sah sich in der Wohnung um. Das Wohnzimmer, in dem sie Platz genommen hatten, wirkte auf den ersten Blick äußerst gemütlich. Die braune Ledercouch war sehr bequem, außerdem passte das helle Laminat farblich perfekt zu dem Buche-Tisch, auf dem eine rote Kerze, ein Taschenbuch und ein grünes Feuerzeug lag. Von der Decke hing eine blaue Lampe, die sich mit dem weißen Holz der Wände gut ergänzte. Neben dem Fernsehgerät befand sich ein großer, schwarzer Kamin, und in der Ecke war ein Esstisch mit einem gefüllten Obstkorb platziert, um den drei Stühle herumstanden. Von dort aus war auch die Küche einsehbar, die durch keine Tür vom Rest der Wohnung getrennt wurde.
»Ja«, bestätigte Deborah.
»Es ist sehr gemütlich hier, vor allem wenn es im Winter richtig kalt ist. Dann mit einer Tasse Tee und einer Decke vor dem Kamin zu sitzen ist wirklich wunderschön.«
Sie lächelte.
»Das kann ich mir sehr gut vorstellen.«
Reinhart trank einen Schluck aus dem Glas und stellte es danach wieder auf den Tisch.
»Ich bringe mal eben die Fahrräder rein«, sagte Harry, erhob sich von der Couch und öffnete die Terrassentür.

Er schob die Räder von der Veranda herunter, lenkte sie um die Ecke und stellte sie anschließend in einem Schuppen ab, der aus dem Inneren der Wohnung aus nicht einsehbar war.

Reinhart lehnte sich zurück. *Hoffentlich kommt der Krankenwagen bald.* Es war nur eine Frage der Zeit, bis Andrews ihn entdecken würde. *Und dann Gnade mir Gott.* Er wurde immer unruhiger, beugte sich nach vorne und trank noch einen Schluck von dem kühlen Leitungswasser.

»Geht es dir den Umständen entsprechend gut?«, fragte Deborah.

»Ja.«

Reinhart nickte.

»Alles okay.«

Nun waren Schritte auf der Veranda zu hören, und wenige Augenblicke später öffnete sich die Tür erneut und Harry trat in die Wohnung. Er wollte die Tür gerade wieder schließen, als Reinhart einen lauten Knall hörte. Er sah nur noch, wie Harry in einer Blutfontäne zu Boden sank, und hörte, wie Deborah aufschrie und sich die Hand vor den Mund schlug.

»Scheiße!«, schrie Reinhart.

»Er hat mich entdeckt!«

Grinsend kam Andrews die Terrasse hinauf und öffnete die Tür. Neben ihm stand eine ältere Frau, auf deren Gesicht sich ebenfalls ein Lächeln zeigte.

»Tja mein lieber Kollege. Jetzt habe ich dich wohl doch noch gefunden.«

Andrews feuerte eine weitere Kugel ab. Sie durchbohrte Deborahs Hinterkopf und ließ sie nach vorne kippen. Blut und Gehirnmasse verteilten sich auf der Ledercouch und dem Teppich. Reinhart suchte verzweifelt nach etwas, mit dem er sich gegen

Andrews zur Wehr setzen konnte, fand jedoch auf die Schnelle nichts.

»Du hast gerade zwei unschuldige Menschen umgebracht, Shawn. Wie krank bist du denn?«

Andrews grinste erneut.

»Halts Maul und ergebe dich. Sonst kann es ziemlich unangenehm für dich werden.«

»Oh nein, das werde ich bestimmt nicht tun«

»Na schön.«

Andrews kam jetzt immer weiter auf ihn zu. Reinhart rappelte sich hastig vom Sofa auf und schnappte sich das Feuerzeug. Er hatte zwar keine Ahnung, was er damit anfangen sollte, aber es war immer noch besser, als mit komplett leeren Händen dazustehen. Andrews zielte nun mit der Waffe auf ihn.

»Na los«, rief Reinhart.

»Schieß schon. Das traust du dich eh nicht.«

Er ging langsam rückwärts und hatte sein Ziel bereits ausgemacht: Der nächste Raum, die Küche. Andrews feuerte tatsächlich auf ihn, die Kugel verfehlte ihn aber haarscharf und schlug in das Holz hinter ihm ein. Reinhart wurde zusehends nervöser. *Will er mich lebendig oder tot erwischen?* Der Schuss hätte ihn durchaus töten können, das war ihm klar. Er hatte die Küche nun endlich erreicht, drehte sich im Türrahmen blitzschnell um und suchte dann seine Umgebung ab. Er zog hektisch die einzelnen Schubladen auf und fand nach kurzer Suche ein Messer.

»Komm raus, Charles!«, rief Andrews aus dem Wohnzimmer.

»Warum machst du es mir denn so schwer?«

Reinhart wägte seine Chancen ab, aber sie waren nicht gerade groß. Ganz im Gegenteil, sie waren vernichtend gering. *Ich muss es trotzdem versuchen, wenn ich kein toter Mann sein*

möchte, dachte er. Adrenalin schoss durch seine Adern und sein gesamter Körper war angespannt. *Eine einzige Chance brauche ich, mehr nicht.* Er schlich vorsichtig aus der Küche heraus und hob die Hände. In seiner rechten hielt er verkrampft das Messer und er hoffte, dass Andrews es nicht sofort sah. *Bitte,* dachte er.
»Leg das Messer weg!«
Andrews schüttelte den Kopf, lachte.
»Sofort!«
Reinhart senkte seine Hand zu Boden und tat so, als würde er das Messer fallen lassen. Doch anstatt die Klinge auf das Parkett fallen zu lassen, warf er das Messer in Andrews Richtung. Es traf seinen Kollegen oberhalb des rechten Armes, und er ging mit einem Aufschrei zu Boden. Vorher löste sich jedoch noch ein Schuss, der Reinhart genau am linken Ohr traf. Er hörte nur noch ein lautes Piepen, griff sich instinktiv an die Wunde und ging dann ebenfalls zu Boden. Das Letzte, was er mitbekam, war, wie die ältere Frau, die in Andrews Begleitung gewesen war, ihren Partner liegenließ und stattdessen ihn selbst an den Füßen in Richtung Ausgang zerrte. Danach legte sich ein schwarzer Schleier vor seine Augen.

9

Schweigen. Niemand sprach ein Wort, die Luft schien mit einem Mal zum Schneiden dick zu sein.
»Da ist jemand«, murmelte Michael erschrocken.
Er ging zur Tür, rüttelte an dem Knauf und öffnete sie dann, als er bemerkte, dass sie unverschlossen war. Der Raum wurde nun von schwachem Licht erhellt und Michael sah direkt vor sich, in der Mitte des Raumes, eine Person. Diese hing, mit einer Schlinge um den Hals an einem Metallhaken von der Decke herunter.
»Los!«, sagte er.
»Helft mir mal bitte!«
Dennis kam zu ihm geeilt und gemeinsam versuchten sie, den Mann loszubinden. Irgendwann schafften sie es, den Knoten zu lösen, woraufhin der Mann langsam zu Boden glitt. Er öffnete seine Augen, blinzelte und meinte verwirrt und panisch:
»Wo... wo bin ich? Und wer seid ihr?«
»Wo wir genau sind, wissen wir selbst nicht, und wer wir sind, ist ebenfalls nicht so leicht zu erklären. Wir kennen uns nicht, und wir haben alle keine Ahnung, warum wir hier sind. Wie heißt du?«
»Mein Name ist Charles Reinhart. Ich bin Polizist.«
»Sie sind ein Cop?«
Mayas Augen leuchteten hoffnungsvoll auf.
»Ja. Ich bin ein Kollege von Shawn Andrews. Ich weiß nicht, ob ihr ihn kennt.«
Der Glanz aus Mayas Augen verschwand sofort wieder.
»Er ist schuld an dieser ganzen Sache.«

»An der ganzen Sache?«

Michael beäugte ihn kritisch.

»Ich hatte bis vor kurzem auch keine Ahnung.«

Reinhart erzählte ihnen daraufhin alles, was er wusste. Sie hörten die ganze Zeit über aufmerksam zu und stellten keinerlei Zwischenfragen.

»Scheiße«, stieß Maya schließlich hervor.

»Das hätte ich ihm wirklich nicht zugetraut.«

»Du kennst ihn also?«

»Ja. Ich war zwei Monate lang mit ihm zusammen.«

Reinhart rang sich ein Lächeln ab.

»Tja, er schafft es offenbar, seinen Job von seinem Privatleben zu trennen. Darin ist er ein wahrer Meister.«

»Seit wann kennst du ihn denn schon?«

»Noch nicht lange. Aber wir kamen in den ersten Monaten eigentlich immer gut miteinander aus. Ich bin neu in dieser Dienststelle hier. Mein Vorgänger und ehemaliger Kollege von Andrews ist vor noch gar nicht allzu langer Zeit verstorben.«

Langsam fügten sich die Puzzleteile in Michaels Kopf zusammen.

»Ben Sawyer?«, fragte er, obwohl er schon genau wusste, dass die Antwort nur *Ja* lauten konnte.

»Ja, so hieß er.«

Reinhart sah ihn neugierig an.

»Woher kennst du seinen Namen?«

»Seine Frau ist hier auch gefangen. Sie ist gerade bei der anderen Gruppe.«

Michael erzählte Reinhart nun, wie sie in den Raum gelangt waren, während die anderen sich um den schwerverletzten Horatio kümmerten. Dann beschrieb er ihm, wie die Tür, die sie von den anderen trennte, durch irgendeinen ausgelösten Mechanismus ins Schloss gefallen war und sie so voneinander getrennt hatte.

»So sind wir also hierhergekommen. Und du wurdest von deinem Kollegen entführt?«

»Ich weiß es nicht.«

Reinhart fasste sich an das linke Ohr, dort, wo ihn die Kugel verletzt hatte.

»Scheiße. Ich erinnere mich jetzt wieder. Ich wurde von einer Kugel getroffen, hier, direkt am Ohr.«

Sein Ohr war nur noch mit viel Fantasie zu erkennen, es ähnelte eher einem mit Blut verkrustetem Klumpen.

»Habt ihr irgendetwas zum Verarzten da, einen Verband oder so etwas in der Art?«

»Der andere Teil der Gruppe, ja. Wir leider nicht.«

Michael schüttelte bedauernd den Kopf.

»Aber ich fürchte, da kommen wir nicht mehr hin. Die Tür ist aus dickem Stahl, die kriegen wir definitiv nicht ohne Werkzeug auf.«

Reinhart ließ seinen Blick umherschweifen. Er spürte das Feuerzeug in seiner Hosentasche, wusste aber nicht, was er in dieser Situation damit anfangen sollte, denn es brachte ihm in seiner aussichtslosen Lage überhaupt nichts. Der Raum, in dem ihn wahrscheinlich Andrews und seine Komplizin festgebunden hatten, war eine fensterlose, aus Holzbrettern gefertigte Kabine gewesen.

»Es muss doch irgendeine Möglichkeit geben, verdammt noch mal.«

»Vielleicht«, murmelte Michael.

»Aber ich sehe hier nichts, was uns weiterhelfen könnte.«

»Ich auch nicht. Die Lage ist offenbar aussichtslos«, sagte Dennis und klang dabei extrem niedergeschlagen.
»So darfst du nicht denken«, meinte Joan.
»Es *muss* einen Ausweg geben.«
»Und wo?«, fragte Michael frustriert.
»Ich sehe hier nichts.«
»Ich auch nicht«, bestätigte Maya.
»Aber... hier in dem Raum gibt es ja auch nichts zu sehen. Lasst uns doch erst einmal den anderen Raum durchsuchen, vielleicht finden wir dort ja irgendetwas, was uns hilft.«
»Wenn du meinst.«

Joshua schritt nervös die Lagerhalle auf und ab, den Kanister immer noch fest in der Hand. Er blickte zur Decke, schien irgendeinem Gedankengang nachzugehen und mied weiterhin jeden Gesprächsversuch der anderen.
»Was hat er bloß vor?«, fragte Nicole.
»Er will doch nicht etwa alles in Brand setzen, oder?«
»Ich werde mal versuchen, mit ihm zu sprechen«, meinte Cathy daraufhin.
»Er wirkt ziemlich verschlossen und scheint seine Ruhe haben zu wollen, aber ich kann ja trotzdem mal versuchen, ob ich etwas aus ihm herausbekomme.«
»Okay, versuchen kannst du es wenigstens.«
Cathy ging nun vom Rest der Gruppe weg und auf Joshua zu, während Nicole, Lauren und Caleb plötzlich ein leises Husten vernahmen. *Horatio!*, schoss es Caleb sofort durch den Kopf. *Er ist wieder zu sich gekommen!*
»Horatio?«
Caleb tastete sofort nach dem Puls des Verletzten. Er war zwar

schwach, schien aber wenigstens regelmäßig zu sein. Ein eindeutiges Lebenszeichen. Der Kopf des Mexikaners drehte sich jetzt zu ihm.
»Caleb.«
»Hast du große Schmerzen? Wie geht es dir?«
In diesem Moment wurde Caleb klar, dass diese Frage mehr als unpassend war. Es war offensichtlich, dass Horatio große Schmerzen litt, er hatte schließlich beide Unterschenkel verloren.
»Ich... ja. Wasser bitte.«
»Wasser?«, fragte Caleb.
»Wir haben hier leider nichts zu trinken.«
Horatio stieß daraufhin ein trockenes Husten aus.
»Meine Kehle. Sie ist so trocken.«
Wasser. Caleb dachte intensiv nach. Dann fiel ihm plötzlich etwas ein, was er aber, direkt als er es bemerkt hatte, als unwichtig abgetan hatte. In dem Raum, in dem er den Countdown und den Benzinkanister gefunden hatte, hatte es auch einen Wasserhahn und ein Waschbecken gegeben. *Natürlich!*, dachte er dann aber. *Das ist die Lösung!*
»Wartet ihr hier. Ich hole Horatio und uns anderen eben etwas zu trinken.«
Er überlegte, was er für den Transport des Wassers nutzen konnte, doch ihm fiel auf die Schnelle nichts ein. *Der Verbandkasten!* Er öffnete den Koffer, wühlte etwas darin herum, bis er eine größere Dose entdeckte, die mit Pflastern und Verbandszeug gefüllt war. Er kippte den Inhalt aus und ließ den Kasten anschließend geöffnet liegen. Dann entfernte er sich von den anderen und ging an Cathy vorbei, die gerade versuchte, sich mit Joshua zu unterhalten. Der Raum mit der eingeschla-

genen Glasscheibe kam jetzt immer näher. Er kletterte geschickt durch die Öffnung und gelangte so ohne Probleme ins Innere. Er drehte erwartungsvoll den Wasserhahn auf, ließ etwas Wasser laufen und spülte dann die Dose aus. Er beugte sich nach vorne und trank direkt aus dem Hahn. Kurz darauf füllte er die Dose bis oben hin voll und schraubte den Deckel wieder darauf. Schon wenig später hatte er Horatio und die anderen wieder erreicht. Der Mexikaner war zum Glück immer noch bei Bewusstsein. Er öffnete den Mund, und Caleb versuchte vorsichtig, ihm den Inhalt einzuflößen, ohne dass Horatio sich daran verschlucken würde. Es gelang ihm, und danach reichte er die Dose an Lauren, Nicole, Cathy und Joshua weiter, die wieder zurückgekommen waren. Joshua blickte ihn zwar etwas verwirrt an, trank aber auch einen kleinen Schluck.

»Alles okay bei dir?«, fragte Caleb und sah Joshua an.

»Ja, ich denke nur nach. Darüber, wie wir einen Ausweg aus dem Ganzen finden können.«

»Und? Hast du schon einen Plan?«

»Nur grobe Umrisse.«

Joshua hob seinen Blick.

»Aber... alle Pläne beginnen damit, dass wir diese verdammte Halle abbrennen.«

»Nein!«

Nicole schüttelte entsetzt den Kopf.

»Wir werden hier ganz bestimmt nichts niederbrennen. Nicht, bevor wir alle in Sicherheit sind.«

Joshua sah sie finster an. Es war zu sehen, dass eine gehörige Menge Wut in ihm loderte, und er konnte diese nur schwer zurückhalten.

»Nicole. Bleib doch mal realistisch, verdammt. Es wird nicht

möglich sein, uns alle zu retten. Schau ihn dir doch nur mal an.«
Er zeigte auf Horatio.
»Der wird es ganz sicher nicht schaffen. Ich glaube nicht einmal, dass er die nächsten Stunden ohne ärztliche Hilfe übersteht.«
Nicole schwieg, ein Zeichen dafür, dass sie ihm nichts entgegenzusetzen hatte.
»Aber...«, setzte Cathy an.
»Nichts aber, verdammt.«
»Schluss jetzt!«, rief Caleb.
»Ich stimme Nicole zu. Es wäre viel zu riskant, vor Ablauf des Countdowns hier alles niederzubrennen und damit unsere Leben zu riskieren. Wir sollten erst einmal warten, bis wir wieder zu einer Gruppe geworden sind. Als so kleiner Teil können wir das sowieso nicht für alle entscheiden.«
»Na gut«, meinte Joshua.
»Dann zieht eben euer Ding durch. Aber nicht mit mir!«
Er nahm den Kanister und warf ihn wütend gegen die Eisentür, hinter der der dunkle Gang lag. Der Behälter öffnete sich daraufhin, und etwas von dem Inhalt schwappte auf den Boden und lief zu einer Pfütze zusammen. Anschließend verschwand Joshua wieder in die Richtung, aus der er gekommen war.

Die Suche gestaltete sich als zermürbend. Sie fanden nichts, was ihnen irgendeinen Hinweis darauf gab, wie sie sich aus dem Raum befreien konnten.
»Was können wir denn noch tun?«, murmelte Michael verzweifelt.
»Es muss doch irgendeinen Ausweg geben.«
Dennis ging jetzt zu dem Gang, öffnete die Tür und trat gegen

die dahinterliegende, fest verschlossene Stahltür, die sie von den anderen trennte.
»Verdammt. Hier kommen wir nicht raus!«
Es fiel ihm schwer, die Fassung zu bewahren, und Michael konnte ihn gut verstehen, denn er hatte selbst seine Schwierigkeiten damit. Joan zuckte erschrocken zusammen.
»Lass das, das bringt doch eh nichts.«
Dennis schüttelte resigniert den Kopf.
»Natürlich bringt das nichts. Was bringt hier überhaupt etwas? Bisher hat noch gar nichts geklappt, was wir versucht haben.«
Er stockte, zeigte auf Reinhart und meinte dann:
»Außer dich zu retten, natürlich.«
Reinhart nickte.
»Ich würde euch ja gerne weiterhelfen, aber ich weiß auch nicht, wie ich uns aus dieser misslichen Lage befreien könnte.«
»Versuch gar nicht erst, zu überlegen.«
Dennis winkte ab.
»Es bringt eh nichts. Du zerbrichst dir nur umsonst den Kopf, denn am Ende kommt sowieso nichts Brauchbares dabei raus.«
Er klang immer verzweifelter. Joan ging zu ihm und sagte:
»Wir müssen es trotzdem versuchen. Ich denke, wir können es nur gemeinsam schaffen, wenn alle an einem Strang ziehen.«
Dennis drehte sich bei ihren Worten um und sah ihr in die Augen.
»Und wie willst du das anstellen?«
»Geduld. Wir müssen Geduld beweisen. Irgendwann wird uns schon eine Idee kommen.«
»Und was, wenn *irgendwann* zu spät ist?«
»Es ist niemals zu spät.«
»Doch, wenn der Timer...«

»Denk einfach nicht an den Countdown.«
Joan redete beschwichtigend auf ihn ein, und es wirkte zumindest so, als würde sie mit ihren Worten einen gewissen Erfolg erzielen.
»An die Zeit zu denken, bringt uns nichts, das verleitet uns nur zu Hektik und Panik. Wenn wir hier wirklich rauskommen wollen, müssen wir vielleicht einfach nur abwarten, bis die Zeit abgelaufen ist.«
»Ich denke nicht, dass die Zeit im Zusammenhang mit der Tür steht.«
»Wer weiß das schon. Es ist alles möglich, finde ich. Du musst immer positiv denken, sonst hast du bereits verloren. Du darfst nicht jetzt schon die Niederlage akzeptieren.«
Dennis ließ sich ihre Worte gründlich durch den Kopf gehen und lief dann ein paar Schritte im Kreis. Plötzlich rief er aufgeregt:
»Moment mal!«
Er wippte mit seinem rechten Fuß auf und ab, bis auch die anderen vernahmen, was er gehört hatte: Ein Knarzen im Holz! Dennis bückte sich hektisch, bog eine Bodendiele hoch und sagte:
»Na was ist das denn?«
Er deutete auf den Raum, der unter ihnen sichtbar wurde.
»Was...?«, setzte Michael an, wurde aber sofort von Dennis unterbrochen.
»Helft mir! Hier scheinen die Bodendielen überall sehr locker zu sein!«
Alle knieten sich daraufhin auf den Boden und halfen ihm, eine Öffnung freizulegen.
»Himmel«, murmelte Dennis aufgeregt.

»Schaut doch mal! Es führt sogar eine Treppe dort hinunter!«

10

»John, ich weiß nicht, ob das eine gute Idee ist...«
Garcia drehte sich zu ihm um und blickte ihm fest in die Augen.
»Jacob. Es kann hier um Leben und Tod gehen. Es ist doch nicht normal, dass wir das Handy einer Vermissten mitten im Wald orten, das weißt du genau so gut wie ich. Ich schätze mal, sie hält sich dort bestimmt nicht freiwillig auf, sollte sie überhaupt noch am Leben sein.«
Maloney blickte ihn entsetzt an.
»Wir müssen deshalb alle Risiken einkalkulieren.«
Garcia zuckte mit den Schultern.
»Aber je mehr Zeit wir verstreichen lassen, desto größer ist die Wahrscheinlichkeit, dass wir Nicole nicht mehr retten können, sondern, dass es zu spät ist.«
Maloney griff jetzt nach seiner Uniformjacke, die an einem Haken an der Wand hing. Er steckte außerdem die Sig Sauer in das Holster an seinem Gürtel.
»Okay, ich bin bereit. Aber wer übernimmt solange die Stellung, wenn wir nicht da sind?«
»Es sind doch noch genug in ihren Büros. Die werden schon aufpassen.«
»Willst du denen gar nicht Bescheid geben?«
Garcia schüttelte den Kopf.
»Dazu haben wir leider keine Zeit mehr. Los!«
Maloney schüttelte den Kopf, sein Kollege war ihm schon immer ein Rätsel gewesen, welches er bisher nicht zu lösen vermocht hatte. Garcia ging voraus und stieg auf der Fahrerseite ein, während Maloney auf dem Beifahrersitz Platz nahm. Er zit-

terte bereits vor Aufregung. *Beruhige dich!*, ermahnte er sich. Er konnte es sich nicht erlauben, unruhig zu sein, denn Unruhe bedeutete Nachlässigkeit, und Nachlässigkeit führte zwangsläufig immer zu Fehlern.
»Wie weit ist es denn noch?«, fragte er Garcia, um sich etwas abzulenken.
»Noch ungefähr fünfundsechzig Meilen.«
Maloney lehnte sich in dem weichen Ledersitz zurück und versuchte, ein wenig abzuschalten, seine dienstlichen Sorgen für einen Moment zur Seite zu schieben und zu hoffen, dass es Nicole Sawyer gut ging.
»Hast du eigentlich schon etwas von Andrews und Reinhart gehört?«
»Nein, noch nicht.«
»Merkwürdig.«
Garcia sah ihn an.
»Wie meinst du das?«
»Die beiden sind schon ziemlich lange unterwegs, ohne einen Zwischenbericht geliefert zu haben.«
Draußen ging nun langsam die Sonne unter, und der Horizont verfärbte sich bereits orange. Garcia schaltete deshalb die Scheinwerfer des Chevrolet Caprice an, und diese erhellten sofort den vor ihnen liegenden Wald. Die Landschaft zog an ihnen vorbei, und es kam Maloney so vor, als würden sie immer weiter in die Finsternis hineinfahren; hinein in ein Monster, das sie verschlingen würde. Garcia schaltete nun auch das Licht im Innenraum an und behielt die Karte die gesamte Zeit über im Auge. Die Fahrt verlief anstrengend, denn sie mussten fortwährend aufpassen, dass kein wildes Tier auf die Fahrbahn lief. Aber es war weit und breit war nichts zu sehen, auch nicht fünfundsech-

zig Meilen später, als die Parkbucht bereits in Sicht kam.
»Hier ist es, wir sind da«, murmelte Garcia.
»Okay.«
Maloney versuchte, seine Anspannung abzuschütteln, doch es gelang ihm nicht wirklich. *Was ist denn bloß los?*, fragte er sich, fand jedoch keine Antwort darauf, und das beunruhigte ihn ebenfalls. Garcia stellte den Streifenwagen auf dem Schotterplatz ab, öffnete die Tür und trat ins Freie.
»Nimm die Taschenlampen mit«, befahl er Maloney.
»Okay.«
Er öffnete das Handschuhfach und nahm die beiden Taschenlampen heraus, die er schon vorher dort deponiert hatte. Er reichte eine an Garcia weiter und schaltete die andere an. Der gelbe Lichtkegel huschte durch den dunklen Wald, und über ihnen raschelten im Wind die Baumkronen. Es war wirklich eine ganz und gar gespenstische Szenerie.
»Alles klar bei dir?«, fragte Garcia.
Maloney nickte zunächst, doch dann wurde ihm bewusst, dass sein Kollege dies ja gar nicht sehen konnte und sagte deshalb:
»Ja, alles okay.«
»Gut. Dann lass uns jetzt den Wald durchsuchen.«
Garcia zog seine Waffe aus dem Holster und entsicherte sie. Maloney tat es ihm gleich und leuchtete danach erneut die Umgebung mit dem schwachen Lichtschein der Taschenlampe ab.
»Dort!«, stieß er hervor und zeigte auf etwas, was aus der Dunkelheit emporragte. Es handelte sich um einen Container. Garcia zog einen zusammengefalteten Zettel aus seiner Tasche, überprüfte kurz die Umgebung und sagte:
»Das muss es sein. Es stimmt vollkommen mit dem Standort des Signals überein.«

Er zeigte Maloney den Ausdruck der Karte, und dieser nickte. Zum Eingang führte eine Treppe aus fünf Holzstufen hinauf. Garcia zielte auf die Tür, klopfte und rief laut:
»Polizei! Öffnen Sie sofort die Tür und kommen Sie mit erhobenen Händen heraus.«
Nichts regte sich, kein einziges Geräusch war aus dem Inneren zu vernehmen. Garcia klopfte erneut, doch es tat sich noch immer nichts.
»Wir müssen die Tür aufbrechen«, sagte er schließlich.
»Warte du hier, ich hole die nötigen Materialien aus dem Auto.«
»Okay.«
Garcia ging die Stufen wieder hinunter und kam fünf Minuten später mit den Werkzeugen wieder. Er öffnete die Tür, und Maloney durchleuchtete daraufhin den Container, der jedoch wie bereits vermutet menschenleer war.
»Scheiße«, murmelte Garcia.
»Hier ist keiner.«
Maloney senkte den Kopf zu Boden. *Was nun?*, fragte er sich.
»Aber zumindest ihr Handy muss doch hier sein...«
Garcia betätigte einen Lichtschalter, und der Raum wurde durch eine einzelne Glühbirne, die von der Decke hing, erhellt.
»Los, suchen wir es.«
Sie durchsuchten die einzelnen Schränke - und die Dinge, die sie dort fanden, waren weitaus interessanter als das Handy.
»Sieh dir mal den Schweinkram hier an«, meinte Maloney angeekelt.
Er drehte sich zur Seite und übergab sich auf den Holzfußboden.
»Das ist ja echt abartig.«
Garcia rümpfte ebenfalls die Nase. Vor sich sah er einige Einmachgläser, die allesamt mit Leichenteilen gefüllt waren. Jedes

davon war beschriftet, deshalb warf er einen näheren Blick auf die einzelnen Aufkleber. *Wilson Baines. Tristan Jackson. Gabriel Ashbury.* Mehr wollte er nicht lesen, denn er hatte für den Moment eindeutig genug gesehen.

»Okay, das reicht.«

Maloney machte den Schrank wieder zu.

»Das ergibt doch überhaupt keinen Sinn, da finden wir nichts als Leichenteile. Lass uns weitersuchen.«

Maloney drehte sich um und suchte mit seinen Blicken die Umgebung ab. Eine alte, durchgesessene rote Couch und ein Tisch fielen ihm ins Auge, sonst sah er nichts, außer den Küchenabschnitt. Dreckiges Geschirr türmte sich in dem Spülbecken, augenscheinlich war der Container noch nicht allzu lange verlassen. *Bis vor Kurzem muss sich hier noch jemand aufgehalten haben*, dachte Maloney. Anders konnte er sich die Situation nicht erklären. *Möglicherweise war auch Nicole hier gewesen.* Es waren zwar nichts weiter als Spekulationen, aber sie sollten hier zumindest das Handy finden.

»Hier. Sieh dir das mal an!«

Maloney, tief in Gedanken versunken, zuckte zusammen und drehte sich um. Garcia sah ihn aufgeregt an, er hatte offenbar etwas entdeckt, was Maloney von seiner Position aus noch nicht erkennen konnte.

»Das ist aber nicht nur ein Handy«, murmelte Maloney entsetzt. Er zählte insgesamt zehn.

»Zehn Stück. Was hat das nur zu bedeuten? Sind das die Handys von zehn vermissten Personen?«

»Schaut ganz so aus.«

Maloney wirkte niedergeschlagen, denn all seine Hoffnungen, ein Menschenleben zu retten, hatten sich damit in Luft aufgelöst.

»Scheiße!«

Er schlug mit der flachen Hand gegen die Tür des Holzschrankes, neben dem er immer noch stand. Garcia erschrak.

»Hör zu, Jacob. Wir müssen jetzt alles akribisch durchsuchen, vielleicht finden wir ja irgendetwas, was auf den Aufenthaltsort der möglicherweise vermissten Personen hinweist.«

»Aber wir haben keinen Durchsuchungsbefehl, John. Wir müssen die Leute von der Spurensicherung anrufen oder uns anderweitige Verstärkung holen.«

Garcia schüttelte den Kopf.

»Das ist ein Notfall, Jacob, und das weißt du auch. Das ist doch nur vergeudete Zeit. Jetzt brauchen wir jede einzelne Sekunde.«

»Glaubst du das etwa wirklich? Mann, wir werden hier doch nach Strich und Faden verarscht. Das darf alles nicht wahr sein. Da spielt doch jemand ein verdammt beschissenes Spiel mit uns.«

»Wir müssen aber wenigstens alles versuchen.«

»Ja.«

Maloney nickte.

»Gut. Dann...«

Garcia überlegte kurz, bevor er seine nächsten Worte sprach.

»...lass uns diesen Container komplett auseinandernehmen. Hier scheint wirklich ein kranker Psychopath zu hausen, anders kann ich mir das beim besten Willen nicht vorstellen. Und in dem Fall sind mir irgendwelche Rechte scheißegal. Hier kann es um Leben und Tod gehen.«

Maloney wusste genau, dass sein Kollege Recht hatte. Er öffnete deshalb erneut den grausamen Schrank, räumte die Einmachgläser vorsichtig zur Seite und versuchte, nicht in der Pfütze von seinem Erbrochenen auszurutschen. Er stellte die Gläser nacheinander auf den Holzboden, fand jedoch in dem Schrank bis auf einige normale Kleidungsstücke nichts Besonderes. Anschließend ließ er die Dinge einfach liegen und widmete sich der Kommode, die direkt danebenstand. Er zog die erste Schublade auf, in der ihm sofort etwas ins Auge fiel. Ein Messer, an dessen Klinge noch Blut klebte. *Okay, irgendwie müssen die Personen ja zerhackt worden sein. Das war klar*, dachte Maloney. Sein Magen stand jedoch schon wieder kurz davor, sich umzudrehen. Er spürte allerdings, dass er sowieso nicht mehr viel im Magen hatte, was er von sich geben konnte. Das beruhigte ihn etwas, doch es lenkte ihn auch ab, weshalb er versuchte, sich wieder auf die vor ihm liegende Aufgabe zu konzentrieren. Unter dem Messer lag eine weiße, abgegriffen aussehende Pappschachtel, die an einigen Stellen bereits von Blut verfärbt worden war. Er öffnete sie vorsichtig, förderte jedoch bis auf ein paar Skat-Karten nichts Besonderes zutage. Ansonsten war die Schublade nur mit uninteressantem Kleinkram gefüllt. Maloney schloss sie wieder und widmete sich stattdessen der zweiten, mittleren Schublade. In ihr lag direkt obenauf ein eingerahmtes Foto. Es zeigte eine Frau und einen Mann, die beide ungefähr vierzig Jahre alt waren. Irgendetwas stimmte nicht mit diesem Bild, doch was es genau war, konnte Maloney zunächst nicht sagen, bis er den Kopf des Mannes genauer ansah. Er musste erneut würgen. Denn an einer Stelle fehlte die Schädeldecke und auf dem Boden im Hintergrund hatte sich bereits eine Pfütze aus Blut und Gehirnmasse gebildet. Er war nicht mehr am Leben, ganz im Gegensatz zu der Frau. Diese hatte Tränen in den Augen, die ihr auch bereits die Wangen hinuntergelaufen waren. Nun stach ihm ein Text ins Auge, der nur aus vier Wörtern bestand, aber intensiver nicht hätte sein können. *„Ich liebe dich, Drake"*, stand dort geschrieben. Er drehte das Bild um und legte es behutsam auf den Boden, denn er hatte vor, es Garcia zu zeigen, allerdings noch nicht jetzt - die Zeit dafür würde schon noch kommen. *Okay*, dachte er. *Jetzt muss ich erst einmal einen kühlen Kopf bewahren.* Doch das war wesentlich schwerer als gedacht, es erschien ihm in seiner Situation sogar geradezu unmöglich. *Reiß dich gefälligst zusammen. Du hast schließlich genug Berufserfahrung, und außerdem schon einige Morde erlebt.* Er vermochte es nicht zu erklären, aber diese Morde hier hatten irgendwie eine besondere Intensität, sie waren irgendwie... anders. Anders, als alles, was er bisher erlebt hatte, eine ganz andere Art von Wahnsinn, und es ging ihm ehrlich gesagt ziemlich an die Psyche. Er schüttelte sich, und versuchte die Gedanken, die ihn daran hinderten, seine Durchsuchung fortzusetzen, mit allen Mitteln zu vertreiben. Er fand nichts Interessantes mehr, nur noch ein paar weitere Bilder, auf denen der Mann jedoch noch am Leben war. Maloney überlegte kurz. Es erschien ihm als sehr unwahrscheinlich, eine Frau mit diesen Taten in Verbindung zu bringen, doch es war aktuell der einzige Hinweis, den sie hatten. *Und dem müssen wir nun mal nachgehen.* Er zählte insgesamt zwölf weitere Bilder, bis er es irgendwann aufgab. Hier, da war er sich sicher, würde er nichts Interessantes mehr finden. *Vielleicht in der nächsten Schublade.* Er zog die knarzende Holzschublade heraus, wühlte sich durch viele kleine Flaschen, die allesamt mit verschiedenen Alkoholsorten gefüllt waren, bis er schließlich auf etwas Anderes stieß. Er nahm das Ding vorsichtig heraus und betrachtete es im Licht. Es war der Personalausweis von Gabriel Ashbury. Das Foto zeigte einen sympathisch wirkenden älteren Mann, der

graue Haare hatte. Maloney schätzte ihn auf den ersten Blick auf ungefähr siebzig, überprüfte das Geburtsdatum und merkte, dass er nur um ein Jahr danebengelegen hatte, denn der Mann war neunundsechzig. *Was hat das alles zu bedeuten? Und wo sind die Pässe der anderen Handybesitzer?*
»Jacob?«
Garcia. Maloney drehte sich um.
»Ich habe hier etwas sehr Interessantes gefunden. Geld, sehr viel Geld. Und noch etwas anderes, was du dir vielleicht mal anschauen solltest.«
Maloney erhob sich und ging über die Holzbretter zu seinem Kollegen, der sich gerade in der Küche befand.
»Und?«
Garcia zeigte auf ein Portemonnaie. Er öffnete es und holte einen dicken Batzen Geld heraus.
»Sollten so ungefähr zehntausend Dollar, vielleicht auch mehr, sein. Aber schau mal, was ich noch gefunden habe.«
Er klappte ein weiteres Portemonnaie auf, und als Maloney sah, wem es laut des Personalausweises gehörte, stieß er scharf die Luft aus.
»Das kann doch nicht wahr sein«, murmelte er.
»Ist es aber.«
Was er da sah, war eindeutig: Das Foto auf dem Ausweis zeigte Shawn Andrews, und auch sein Name stimmte überein. Das Portemonnaie gehörte also ganz offensichtlich ihm.
»Das macht doch alles überhaupt keinen Sinn! Was macht denn seine Geldbörse hier?«
»Ich weiß es nicht«, murmelte Garcia ebenso verwirrt.
»Aber eine Sache weiß ich: Wenn mein Bauchgefühl mich nicht trügt, dann ist unser Kollege, Charles Reinhart, gerade in höch-

ster Gefahr.«

11

Sie hatten ihre Aufgabe erledigt, nun hieß es abwarten.
»Was machen wir denn jetzt?«, fragte Andrews, nachdem sie wieder in dem Streifenwagen Platz genommen hatten.
»Auf jeden Fall müssen wir so schnell wie möglich von hier verschwinden. Ich denke, wir sollten wieder zu mir zum Container fahren.«
Andrews sah sie an.
»Aber was, wenn meine Kollegen...«
Verena schnitt ihm das Wort ab.
»Hast du etwa noch Angst vor deinen Kollegen? Wir machen sie einfach kalt, oder wir bringen sie ebenfalls zu dem Ort. Wir haben sehr, sehr viele Möglichkeiten.«
Andrews überlegte fieberhaft. Es kam ihm falsch vor, aber das konnte er Verena nicht sagen. *Ich muss da jetzt wohl oder übel durch.* Schließlich hatte er sich die Situation ja selbst eingebrockt, es wäre alles gar nicht so weit gekommen, wenn er den Kofferraumdeckel noch einmal kontrolliert hätte. Er schüttelte den Kopf. *Okay, nach dieser ganzen Scheiße beginnt dein neues Leben. So oder so. Versuch es einfach positiv zu sehen.* Dieser Gedanke munterte ihn wieder auf, und er verspürte zum ersten Mal seit langer Zeit wieder so etwas wie Hoffnung.
»Wann läuft denn der Countdown ab?«
Verena krempelte ihren Ärmel hoch und warf einen Blick auf die Anzeige ihrer Digitaluhr. Sie hatte sie sich von dem Geld gekauft, welches sie Gabriel Ashbury, ihrem letzten und reichsten Kunden, entwendet hatte.
»In einer Stunde und fünfzig Minuten. Der Moment kommt also

immer näher.«

Andrews rang sich ein Grinsen ab. *Ja, der Moment kommt wirklich immer näher.* Er fuhr den Streifenwagen und lenkte ihn durch die Wälder, durch die sich der Asphalt schlängelte. *Noch fünfundzwanzig Meilen*, dachte er. So weit war es noch bis zu Verenas Container, und Andrews war gespannt darauf, ob er seine Kollegen dort antreffen würde. Sollte das doch tatsächlich der Fall sein, dann würde es ein Fest geben. Er wusste genau, wie schlau Jacob Maloney und John Garcia waren, sie hatten das Handy von Nicole Sawyer bestimmt längst geortet. Und wenn sie tatsächlich dort waren, dann waren sie auch schon auf einige Hinweise gestoßen. *Tja, sie werden ihnen nur nichts nützen. Denn am Ende werden sie genauso in der Hölle schmoren, wie all die anderen.* Andrews wusste genau, dass sein Weg ebenfalls geradewegs dorthin führte, aber er wollte ihn noch nicht antreten. Er hatte vor, wenigstens noch ein paar Jahre zu leben. Sein Leben nach dieser Sache zu genießen, das war sein festes Ziel. Ob das nun mit oder ohne Verena sein würde, das war ihm mittlerweile egal. Er würde sein Geld so oder so bekommen, und dieses würde locker dazu ausreichen, noch einmal ganz neu anzufangen. Zugegeben, es war ein ziemlich hübsches Sümmchen, denn er hatte knallhart mit ihr verhandelt, und am Ende war sie ihm sogar entgegengekommen. Andrews konzentrierte sich auf die vor ihm liegende Straße und blickte in die Dunkelheit hinein, die nur durch die beiden Scheinwerfer erhellt wurde. Schon als kleines Kind hatte er die Dunkelheit aufregend gefunden, er hatte nicht wie andere in seinem Alter Angst vor ihr gehabt, sondern hatte sie viel mehr als Herausforderung gesehen. Der Gedanke an eine Herausforderung trieb ihn selbst in schlechten Zeiten voran, denn er ermutigte ihn, im-

mer weiterzumachen und niemals aufzugeben. Es war wie ein Mantra für ihn. Er blickte hinüber zu Verena, die wie gebannt aus dem Fenster in den finstern, unheilvollen Wald starrte. Anschließend sah er wieder nach vorne und trat kurze Zeit später so hart auf die Bremse, dass er aufpassen musste, nicht mit dem Kopf gegen das Lenkrad zu schlagen. Verena wurde ebenfalls in ihrem Sitz nach vorne geschleudert, drehte sich ruckartig um und sah ihn böse an.
»Was ist los?«
Andrews antwortete ihr nicht, sondern zeigte stattdessen durch die Windschutzscheibe nach vorne.
»Scheiße«, murmelte Verena.
Sie traute zunächst ihren Augen nicht. Auf der Straße, nur wenige Meter vor dem Streifenwagen, war anscheinend ein heftiger Unfall passiert. Ein LKW blockierte die gesamte Fahrbahn. Der Fahrer war höchstwahrscheinlich mit hoher Geschwindigkeit von der Straße abgekommen und dann in einen Baum am Straßenrand gekracht.
»Warte du hier im Auto. Ich gehe schauen, ob ich meiner Pflicht als Polizist nachkommen und jemanden retten kann. Obwohl es nicht wirklich gut aussieht.«
»Okay, aber beeile dich. Ich möchte nicht zu spät kommen, schließlich können es sich deine Kollegen auch bereits anders überlegt haben. Oder sie sind gar nicht da.«
»Ja, ich weiß.«
Andrews öffnete die Autotür und trat ins Freie. Der Motor war noch an. Da die Scheinwerfer die einzigen Lichter waren, die die Umgebung erhellten, war es mehr als schwer, sich zu orientieren. Er kam der Fahrertür jetzt immer näher, und als er sie schließlich erreicht hatte, warf er einen vorsichtigen Blick ins

Innere. Die Fahrerkabine war komplett schwarz und ausgebrannt, doch von dem Fahrer fehlte jede Spur. Andrews hatte erwartet, auf eine komplett verbrannte Leiche zu stoßen, und es erschien ihm äußerst unwahrscheinlich, dass sich der Fahrer hatte retten können. *Wie kann jemand so einen Unfall überleben? Das geht doch gar nicht.* Er schüttelte den Kopf, öffnete die Tür des LKWs und warf einen genaueren Blick hinein. Das Lenkrad war mit Blut übersät, das eine richtige Spur gebildet hatte. *Seltsam, dass mir das nicht früher aufgefallen ist.* Er versuchte, in dem schwachen Licht zu erkennen, wohin die Spur führte... aus dem Fahrerraum hinaus, mitten auf den Asphalt, denn dort waren ebenfalls einige dunkle Flecken zu sehen, die er vorher auch nicht bemerkt hatte. Er schüttelte erneut den Kopf. *Sowas müsste mir als erfahrener Cop doch sofort auffallen.* Und er durfte sich erfahren nennen, denn er war schließlich schon über fünfzehn Jahre Polizist. *Über fünfzehn Jahre habe ich für Recht und Ordnung gekämpft. Und jetzt wechsele ich plötzlich die Seiten.* Er lächelte süffisant. Er wollte wissen, wohin ihn die Spur führte, aber alles deutete auf den Wald hin, und wenn sie sich dort fortsetzte, dann würde er in der Dunkelheit irgendwann unweigerlich die Spur verlieren. Er seufzte. *Es hat keinen Sinn.* Er drehte sich um und wollte gerade wieder zu dem Streifenwagen zurückgehen, in dem Verena noch immer auf ihn wartete, wurde jedoch durch ein lautes Rascheln irritiert. Er drehte sich um, doch er konnte gegen die drohende Gefahr nichts mehr ausrichten: er sah lediglich einen Schatten, der unter dem LKW hervorsprang, sich auf ihn stürzte und ihn dann zu Boden riss.

Wie nahezu jeden Tag, außer zu besonderen Anlässen, war Bas

mit seinem LKW unterwegs. Seine Reise führte ihn quer durch Kalifornien, es war seine einzige Möglichkeit, als Einwanderer Geld zu verdienen. Seiner Heimat, den Niederlanden, hatte er vor fünf Jahren den Rücken gekehrt und sich anschließend in das Abenteuer USA aufgemacht. Doch es war mehr ein Albtraum als ein Abenteuer geworden. Er war über ein Jahr lang arbeitslos gewesen, und hatte einfach keinen geeigneten Job gefunden. Außerdem hatte er die Sprache noch viel intensiver lernen müssen, als er sie bereits gekonnt hatte. *Tja,* dachte er. *Ich habe es mir schließlich selbst ausgesucht.* Und eigentlich war er mit seinem Job ja ganz zufrieden. Das einzige Problem war, dass er seine Familie nicht besonders oft zu Gesicht bekam. Er blickte in Gedanken versunken auf die Straße und konzentrierte sich auf den Wald vor ihm, als sein Handy plötzlich klingelte. Er zuckte zusammen, nahm den Anruf aber über die Freisprechanlage entgegen. Vorher warf er jedoch noch einen kurzen Blick auf das Display, das ihm sagte, dass seine Frau ihn sprechen wollte.

»Wo bleibst du denn, Bas?«, sagte sie sofort, als er den Anruf angenommen hatte.

Keine Begrüßung. Nichts.

»Ich bin schon auf dem Weg nach Hause, Evje.«

Am anderen Ende war ein Seufzen zu hören.

»Wie lange dauert es denn noch? Soll ich auf dich warten?«

Bas sah auf die Uhr. Es war jetzt kurz vor halb zehn.

»Ja, ich bin in ungefähr einer Stunde da. Stell schon einmal den Sekt kalt, dann machen wir uns noch einen gemütlichen Abend zusammen. Ich muss ja morgen nicht arbeiten.«

»Na endlich mal positive Nachrichten. Bis später, und fahr vorsichtig.«

»Ja, mache ich. Bis später.«

Er beendete das Gespräch und fuhr weiter. Zwanzig Minuten später entschied er sich dazu, eine kurze Pinkelpause einzulegen. *Da ist ja sogar ein Gebäude. Die haben bestimmt Toiletten.* Er steuerte den LKW in die große Parkbucht, die offenbar neu gebaut worden war, stieg aus, schloss die Fahrertür und ging auf das riesige Gebäude zu. Es handelte sich um eine Lagerhalle, die sich anscheinend im finalen Teil des Bauvorgangs befand, aber der Name der Firma kam ihm sofort bekannt vor. Hinter den Fenstern, die etwa in zehn Meter Höhe lagen, brannte noch Licht. Bas überlegte. *Die bauen dort gerade ein Lager, mitten im Wald. Vielleicht... brauchen die ja noch einen Arbeiter mehr? Vielleicht ist ja noch ein Arbeitsplatz frei. Ich könnte doch zumindest fragen.* Der Eingang lag im hinteren, dem Wald zugewandtem Bereich. Als Bas ihn erreichte, klopfte er laut an die Stahltür. Aber im Inneren war nichts zu hören... keine Schritte, die näherkamen. Er drückte behutsam die Klinke hinunter, und bemerkte zu seiner Überraschung, dass die Tür nicht abgeschlossen war. Vor ihm lag ein dunkler Raum, an dessen Ende er die Silhouetten einer weiteren Tür wahrnehmen konnte. Er ging auf diese zu und suchte nach einem Lichtschalter, als er plötzlich etwas bemerkte. *Was ist denn das in meinem Nacken...?* Er drehte sich ruckartig um. Es fühlte sich auf einmal so an, als würde sein Nacken von einem Messer bearbeitet werden. Er spürte, wie sich etwas den Weg unter seiner Haut durchbahnte – und infolgedessen auch Blut, welches über seinen Rücken lief. Er schrie, denn es war ein äußerst unangenehmes Gefühl, welches jedoch schon bald wieder nachließ. Nun sah er eine dunkle Gestalt, die ihn an eine Ausgeburt der Hölle, an einen Dämon erinnerte. Nur am Rande bekam er mit, dass das Licht angeschaltet worden war und er sein eigenes Spiegelbild betrachtete. Er empfand einen Hass, der tiefer nicht sein konnte, und wollte nur noch weg von diesem Ort. Er lief zu seinem LKW, während er das Knacken der Zweige unter seinen Füßen hörte, dann stieg er in die Fahrerkabine, startete den Motor und fuhr weiter. Er konnte sich nicht mehr wirklich auf die Straße konzentrieren, weil er nur noch das Böse in sich spürte. Bas Visser konnte seine Bewegungen nicht mehr steuern, denn er wurde von nun an von einer fremden Kraft kontrolliert. Deshalb konnte er auch nicht verhindern, dass er mit voller Geschwindigkeit von der Fahrbahn abkam und gegen einen Baum prallte. Die Fahrerkabine ging sofort in Flammen auf, und als diese auch auf seinen Körper übergriffen, schrie er laut auf - aber sein Schrei hatte nichts menschliches mehr an sich, er wirkte vielmehr wie vom Teufel persönlich ausgestoßen. Er spürte, wie er in Flammen aufging, spürte die schreckliche Hitze, konnte sich aber noch retten, indem er die Tür aufstieß und nach draußen stolperte. *Unter den LKW*, lautete der Befehl aus seinem Unterbewusstsein, dem er ohne nachzudenken Folge leistete. Er kroch also unter das brennende Fahrzeug, dessen Last bald ebenfalls vollständig verkohlt sein würde, und hoffte, dass das Feuer nicht zwangsläufig direkt auf den Motor übergehen würde. Doch tief in seinem Inneren wusste er, es war das einzig richtige, sich dort zu verstecken. Schließlich war es ihm befohlen worden, und dagegen konnte, nein, wollte er sich nicht wehren, denn es war ein berauschendes Gefühl. Einige Zeit später hörte er, wie jemand sich der vollkommen ausgebrannten Kabine näherte, und sie kurz darauf öffnete. Bas grinste. *Komm ruhig näher*, dachte er. *Mein Durst nach Blut muss gestillt werden. Und dann werde ich dir die Seele aus dem Leib reißen.* Er wartete noch einen Augenblick, dann verließ er seine Deckung, sprang aus der Dunkelheit hervor, und erwischte den Mann, der gerade die Tür der Kabine geöffnet hatte. Er stieß ihn zu Boden und warf sich mit aller Kraft, die er noch besaß, auf ihn.

12

»Joshua!«, rief Cathy ihm hinterher, doch er drehte sich nicht um und würdigte sie keines Blickes.
Wo will er bloß hin?, fragte sich auch Caleb. *Hat er vielleicht einen Ausgang gefunden?.* Er schüttelte den Kopf, noch bevor er diesen Gedanken zu Ende gedacht hatte. Nein, das konnte nicht sein, denn dann hätte er definitiv Bescheid gesagt. Das Benzin floss unter der Tür hindurch in die schwarze Dunkelheit hinein, und bahnte sich seinen Weg zu den anderen. Cathy stand auf wollte und Joshua folgen, doch Caleb sagte:
»Lass gut sein. Ich denke, es hat keinen Sinn.«
»Du hast recht«, murmelte sie.
»Was soll das bloß? Fällt es ihm so schwer, sich in die Gruppe zu integrieren, oder...«
»Ich glaube eher, ihm macht die ganze Situation ziemlich zu schaffen.«
»Aber das sollte trotzdem keine Ausrede sein, denn wir alle stecken schließlich in derselben, misslichen Lage.«
Sie setzte sich zurück auf den Boden, zu den anderen, die bei Horatio saßen, der momentan wieder bei Bewusstsein war.
»Möchtest du noch etwas trinken?«, fragte Caleb.
Er hatte die Wunden mittlerweile zum Großteil versorgt, aber er wusste, dass es auf Dauer trotzdem nicht viel bringen würde. Joshua hatte mit seiner Aussage recht gehabt, es würde tatsächlich an ein Wunder grenzen, sollte der Mexikaner die Zeit überleben. Sein Zustand war weiterhin lebensbedrohlich. Horatio schüttelte den Kopf und hustete.
»Kommst du klar? Hast du heftige Schmerzen?«

»Ich spüre meine Beine nicht mehr. Es ist wie ein riesiges Feuer. Es brennt alles...«
Er röchelte. Ein schwaches Lächeln zeichnete sich nun um seine Mundwinkel ab.
»Du machst das sehr gut«, sagte Caleb.
Lauren nickte.
»Er hat recht. Du hältst dich wirklich großartig.«
Sie lächelte Caleb an, und dieser spürte daraufhin erneut dieses spezielle Kribbeln im Bauch. Er schüttelte den Kopf. *Ich kenne sie noch nicht einmal richtig, und wir befinden uns gerade in einer lebensgefährlichen Situation. Wenn das Ganze gut enden sollte... falls es gut enden sollte.* Caleb glaubte ehrlich gesagt nicht daran, und das trug nicht gerade zu seiner Motivation bei. *Wir können wenigstens noch hoffen. Ja, hoffen kann man immer!*

Joshua ging nun durch die riesige Lagerhalle, und versuchte, die Worte, die die anderen ihm hinterherriefen, zu ignorieren, denn er hatte kein Interesse daran, sich weiterhin mit ihnen abzugeben. Er hasste es, wenn Leute einfach nicht einsehen wollten, dass eine Situation aussichtslos war. Und diese Situation hier war definitiv aussichtslos. Sie alle würden hier sterben, noch in dieser Nacht. Warum er das dachte, wusste er nicht, es war wohl reine Intuition. Er wandte sich jetzt den hohen Regalen zu, die größtenteils leer waren. In einigen jedoch standen bereits ein paar Kartons. Er grinste. *Dann mal los.* Er erreichte den ersten Karton, dessen Deckel offen war, zog ihn aus dem Regal hervor und warf einen Blick hinein. Der Behälter war fast leer, bis auf eine Sache, die sich am Boden befand. Ein weißer Briefumschlag, in dem sich deutlich grobe Umrisse erkennen ließen.

Was...? Er holte den Umschlag hervor, öffnete ihn und förderte ein weißes Blatt Papier daraus zutage. *"Glückwunsch, einer von euch hat also diesen Umschlag gefunden! Eine Entdeckung, die euch wohl leider nichts mehr nützen wird, aber das werdet ihr noch früh genug herausfinden".* Joshuas Blick wanderte nach unten, und was sah er dort? *Das kann doch nicht wahr sein...* Es handelte sich um einen alten Metallschlüssel. Und darunter stand geschrieben: *"Der Schlüssel ist nicht dazu geeignet, eine der Türen zu öffnen. Er ist vielmehr eine Art Test."* Joshua grinste. *Ich hab's!* War dieser Schlüssel tatsächlich ihr Ausweg? Er konnte es kaum glauben, doch er musste es einfach ausprobieren. *Okay. Dort hinten, wo Caleb den Kasten und das Wasser herhat.* Schon von Weitem sah er die beiden dunklen Türen an der Wand, und spürte ein Kribbeln in sich aufsteigen, eine Art Glücksgefühl. *Ich habe es geschafft!* Auf den letzten Metern wurde er dann immer schneller, und er fühlte sich, als würde er über den Boden schweben. Joshua steckte den Schlüssel in das Schloss der linken Tür, musste jedoch schnell einsehen, dass dieser dort nicht hineinpasste. Als er es bei der anderen Tür probierte und kurz darauf ein Klicken im Schloss vernahm, jubelte er innerlich auf. Er überlegte, ob er den anderen Bescheid geben sollte, entschied sich jedoch zunächst dazu, den Raum alleine zu durchsuchen, um zu sehen, ob er wirklich den vermeintlichen Ausweg darstellte. Das Licht war ausgeschaltet, deshalb versuchte Joshua, an der Wand einen Schalter zu ertasten, fand jedoch auf die Schnelle keinen. *Egal. Es geht auch ohne Licht.* In der Dunkelheit befühlte er die Umrisse eines weiteren Holzregales, als er plötzlich hörte, wie die Eisentür hinter ihm ins Schloss fiel. Er erschrak, und sein Herzschlag war nun so heftig, dass er glaubte, ihn hören zu können. *Beruhig dich.*

Es ist nur die Tür zugefallen. Nichts ist passiert. Er bekam plötzlich eine Gänsehaut. *Was hat das alles zu bedeuten?* Ihm wurde mulmig zumute, als er daran dachte, dass die anderen auch gerade in einem dunklen Gang eingesperrt waren. Denn es hörte sich genauso an... auch dort war die Tür mit genauso einem trockenen Knall plötzlich zugefallen. *Hier geht es nicht mit rechten Dingen zu. Definitiv nicht.* Er drehte sich um, streckte seine Hand vorsichtig nach dem Türknauf aus und drehte ihn, musste aber schnell feststellen, dass er eingesperrt war. *Scheiße!* Voller Panik rüttelte er an der Tür, doch sie bewegte sich keinen einzigen Zentimeter. Seine Arme begannen bereits zu schmerzen, und er versuchte, sich in der Dunkelheit auf seine Umgebung zu konzentrieren, doch es gelang ihm einfach nicht. Er konnte vor Panik gar nicht mehr klar denken. Plötzlich spürte er etwas. Es fühlte sich an, als würde eine Nadel in sein Fleisch eindringen. Warmes Blut lief seinen Nacken hinab, befeuchtete seinen Rücken und tropfte danach auf den Holzboden. Er fühlte, wie er sich verwandelte, wusste jedoch nicht, was genau mit ihm geschah. Dann ging das Licht wieder an und er erblickte sein eigenes Spiegelbild, für das er auf einmal einen unbeschreiblichen Hass empfand. Sein Verstand steuerte ihn plötzlich und er wusste, was er nun tun musste. Er verspürte das Gefühl der Rache tief in seinem Inneren aufsteigen. Er war von einer höheren Macht dazu berufen worden, zu töten.

Der Knall, den die Eisentür erzeugte, als sie in das Schloss fiel, erreichte auch Caleb, Lauren, Cathy, Nicole und Horatio am anderen Ende der Halle. Sie blickten sich kurz an, denn alle wussten instinktiv, dass das nichts Gutes bedeuten konnte.
»Ich gehe mal nachschauen«, sagte er kurz darauf.

»Ich komme mit«, entschied Cathy.

»Okay.«

Caleb sah nacheinander Lauren und Nicole an.

»Ist es für euch okay, wenn ihr in der Zeit hier bei Horatio bleibt?«

Beide nickten.

»Super.«

Lauren lächelte ihn an und Caleb lächelte zurück. Es gefiel ihm nicht, sie zu verlassen, selbst wenn es nur für einen kurzen Moment war.

Cathy und er gingen zu den Türen im rückwärtigen Teil. Auf dem Weg sagte sie plötzlich:

»Da! Schau mal!«

Sie zeigte auf einen Pappkarton, der geöffnet auf dem Boden stand.

»Das muss er gewesen sein. Der stand vorhin definitiv noch nicht dort.«

Cathy nickte.

»Ja, das stimmt. Lass uns mal sehen, was wir dort finden.«

Sie erreichten den Karton, warfen einen Blick ins Innere und entdeckten dort einen Umschlag. Caleb öffnete ihn und las den Text vor. Danach murmelte er:

»Hier klebte ein Schlüssel. Der Schlüssel für diese Tür.«

Er deutete auf den unteren Teil des Papiers, an dem noch einige Fetzen Klebeband hingen.

»*Der Schlüssel ist nicht dazu geeignet, eine der Türen zu öffnen. Er ist vielmehr eine Art Test.* Was soll das heißen?«

Caleb überlegte.

»Aber scheinbar passte der Schlüssel zu dieser bestimmten Tür. Was passiert jetzt mit ihm? Er scheint in dem Raum gefangen

zu sein, und ich fürchte, dass dort nichts Gutes mit ihm geschieht.«
»Wie meinst du das?«
»Na ja. Wenn das, was Nicole erzählt hat, tatsächlich der Wahrheit entspricht...«
Cathy wurde sofort ganz blass.
»Du könntest recht haben.«
Sie stand auf.
»Lass uns alles versuchen, um ihn dort herauszuholen.«
Caleb hatte plötzlich ein merkwürdiges Gefühl im Bauch. Ein Gefühl, welches ihn glauben ließ, dass es eigentlich schon zu spät war.
»Schnell. Wir dürfen keine Zeit mehr verlieren.«
Die letzten paar Schritte liefen sie auf die Tür zu, und rüttelten an dem Knauf, mussten aber hinnehmen, dass sie genauso verschlossen war, wie die andere Eisentür, hinter der der Rest der Gruppe gefangen war.
»Scheiße!«
Caleb schlug mit der Faust gegen die Tür, die noch viel robuster war, als er gedacht hatte, und zuckte zusammen.
»Joshua?«, schrie Cathy.
»Es hat keinen Sinn. Durch diese dicke Tür hört er nicht einmal ansatzweise deine Stimme.«
Cathy sah ihn niedergeschlagen an.
»Was machen wir denn jetzt?«
Eine Antwort auf ihre Frage war gar nicht nötig, denn in dem Moment, in dem sie ihren Satz beendet hatte, öffnete sich die Tür hinter ihr. Aus dem erleuchteten Raum trat nun etwas heraus, das früher einmal Joshua gewesen war, es nun aber ganz offensichtlich nicht mehr war. Cathy schrie. Dieser Anblick er-

innerte Caleb nicht mehr an einen Menschen, sondern eher an einen Dämon.

»Was... was ist passiert?«, fragte Cathy panisch.

Ihre Stimme zitterte. Joshua stieß daraufhin ein Geräusch aus, das sich wie ein Lachen anhörte. Er, oder besser gesagt die Gestalt, die einmal Joshua gewesen war, kam ihnen jetzt immer näher.

»Bleib weg von uns.«

Caleb hob eine Faust, doch das brachte nichts, Joshua kam trotzdem immer näher. Caleb ging noch einen Schritt auf ihn zu, doch dieser wich trotzdem nicht zurück. Cathy folgte ihm.

»Was hast du vor?«

»Euch töten!«

Seine Stimme klang um einiges tiefer als sonst.

»Oh nein, das wirst du nicht.«

Caleb stellte sich so nah vor ihn, dass er dessen Atem spüren konnte.

»Keinen Schritt weiter!«

Er hieb ihm die Faust so fest gegen die Nase, dass Joshua zurücktaumelte. Er hatte schon beinahe wieder den Raum erreicht, aus dem er gekommen war, doch dann kam er wieder näher, sein Gesicht rot vom Blut seiner Nase. *Er ist nicht mehr zu retten. Ich muss ihn irgendwie wieder zurück in den Raum stoßen.* Während er jedoch überlegte, wie er das anstellen sollte, wurde er unvorsichtig. Er achtete für einen kurzen Moment nicht mehr auf Joshua, und das reichte für selbigen völlig aus. Die Gestalt wagte sich wieder nach vorne und stürzte sich auf Cathy. Sie schrie auf, konnte jedoch nichts gegen ihn ausrichten. Mit nur einem einzigen Handgriff brach er ihr das Genick.

»Haben wir irgendwo eine Taschenlampe?«, erkundigte sich Dennis.
Er war offenbar vollkommen in seinem Element, und war versessen darauf, den unterirdischen Raum zu erkunden.
»Nein«, meinte Joan.
Reinhart kramte daraufhin in seiner Tasche herum und holte ein Feuerzeug hervor.
»Haben wir etwas, woraus ich eine Fackel basteln könnte?«
Er grinste.
»Wo hast du das denn her?«
»Lange Geschichte.«
Er sah sich in dem Zimmer um.
»Hier«, meinte Dennis.
Er reichte ihm eine der herausgerissenen Bodendielen, zog dann sein T-Shirt aus und band es um das Holz. Joan beäugte ihn kritisch und fragte:
»Was machst du denn da?«
»Eine Fackel.«
Er grinste anzüglich.
»Wonach sieht es denn sonst aus?«
Joan wurde rot.
»Nichts. Alles okay.«
»Dann ist ja gut.«
Sein Grinsen wurde immer breiter, dann widmete er sich wieder der provisorischen Fackel.
»Das muss irgendwie funktionieren«, sagte er, als er Reinhart die Fackel überreichte.
»Nimmst du sie?«
»Okay. Und ja, es ist besser als gar nichts.«
Reinhart hielt sein Feuerzeug gegen das T-Shirt. Es dauerte eine

Weile, bis eine leichte Flamme entstand.
»Das wird noch heller werden. Es dauert nur etwas«, meinte er.
»Ich denke, wir sollten alle gemeinsam gehen. Es ist schließlich unsere einzige Möglichkeit.«
»Ja, da gebe ich dir recht«, stimmte Joan zu.
»Hierbleiben ist keine Alternative. Seht ihr das auch so?«, fragte er die anderen.
Alle nickten.
»Es gibt einfach keinen anderen Weg«, murmelte Michael, der sich in den letzten Minuten eher zurückgehalten hatte.
»Ich werde vorangehen, ich habe schließlich die Fackel.«
Reinhart fasste sich instinktiv an sein kaputtes Ohr. Der Schmerz hatte zwischenzeitlich nachgelassen, flammte aber während dieser Berührung wieder auf. Er zuckte zusammen.
»Dennis, du bildest den Schluss. Ist das für euch alle okay?«
Niemand erhob Einwände, während Reinhart durch die freigelegte Öffnung in die schwarze Dunkelheit hinabkletterte. Es war warm und stickig, wie in einem alten Keller. Schon während er die knarzenden Stufen hinabstieg, spürte er, wie Schweißtropfen auf seiner Stirn entstanden. Er wischte den Film in einer fließenden Bewegung ab und blickte dann wieder auf die vor ihm liegende Finsternis, die nur durch die Fackel erleuchtet wurde. Wenig später erreichte er das Ende der Treppe, und was er sah, erstaunte ihn: Vor ihnen lagen mehrere verwinkelte Gänge, man konnte fast sagen, dass das Ganze einem Labyrinth ähnelte.
»Seht euch das mal an!«
»Wow«, murmelte Joan.
»Das könnte unser Weg hinaus aus diesem verfluchten Lager sein«, rief Dennis ausgelassen.

»Ja, es *könnte*. Aber glaubst du das wirklich?«, fragte Michael.
»Nein, ehrlich gesagt nicht. Aber...«
»Nichts aber. Wir sollten uns keine falschen Hoffnungen machen, denn dann werden wir am Ende nur enttäuscht.«
»Wir dürfen aber auch nicht aufgeben«, murmelte Maya.
»Dazu ist es entschieden zu früh.«
»Du hast recht. Dann lasst uns dieses Labyrinth nach einem Ausgang erkunden.«
Der Weg führte zunächst nur geradeaus, bis sie wenige Meter später eine Gabelung erreicht hatten. *Okay*, dachte Reinhart. *Sollen wir nun rechts oder links gehen?*
»Wir sollten uns aufteilen«, sagte er.
» Michael und ich gehen nach rechts, Dennis, Joan und Maya, ihr geht links entlang. Ist das für alle okay?«
»Ich denke nicht, dass wir uns trennen sollten«, murmelte Joan.
»Wir wissen schließlich nicht, was uns am anderen Ende erwartet. Wir sollten deshalb zusammenbleiben, alles andere stellt ein viel zu hohes Risiko dar, dessen könnt ihr euch sicher sein.«
Reinhart ließ sich ihre Worte kurz durch den Kopf gehen und stellte dann fest, dass sie recht hatte.
»Okay, stimmt auch wieder. Dann mal los. Links oder rechts?«
»Links«, sagte Joan entschieden.
Alle blickten sie in dem schwachen Licht der Fackel an.
»Bauchgefühl, Intuition. Ihr könnt es gerne nennen wie ihr wollt. Auf jeden Fall sagt irgendetwas in mir, dass wir nach links müssen.«
Dennis grinste.
»Okay, dann gehen wir nach links. Ich vertraue dir. Und ihr?«
»Hat irgendwer etwas gegen diese Richtung einzuwenden? Nie-

mand? Okay, dann gehen wir jetzt alle dort entlang.«
Reinhart wagte sich an der Spitze immer weiter in die Dunkelheit vor und folgte seinem Instinkt, der ihn durch die Gänge führte. Es kam ihm so vor, als würde er von einem Magneten angezogen werden, der ihm instinktiv sagte, wo er entlang musste. *Vielleicht ist es auch nur mein Bauchgefühl. Genauso wie bei Joan. Ja, das wird es sein.* Er wurde immer nervöser. Reinhart glaubte nicht an paranormale Dinge wie Geister und Dämonen, doch das, was er über das Geisterhaus gehört hatte, welches vor der Lagerhalle an genau diesem Ort gestanden hatte, ließ ihn mittlerweile umdenken. Er hatte sich vor einiger Zeit mit seinem Kollegen, Jacob Maloney, über den Vorfall unterhalten, und so glaubhaft, wie dieser die Situation geschildert hatte, konnte sie nur wahr sein. *Er hat seinen Kollegen dort sterben sehen, und er hatte nichts dagegen tun können.* Reinhart hoffte, dass Garcia und Maloney durch irgendeinen Zufall auf die Spur von Andrews und seiner Begleitung gelangt waren. Es war zwar nur ein sehr, sehr schwacher Hoffnungsschimmer, doch dieser existierte immerhin… wenn auch nur in seiner Vorstellung. Er schüttelte den Kopf. *Wir werden schon einen Weg hier herausfinden.* Aber er glaubte seinen Worten selbst nicht, sie dienten nur als schwacher, vergänglicher Funke der Hoffnung. Eine Rettung erschien ihm auf einmal so fern, der Tod dafür umso näher. *Verdammt nahe, um genau zu sein,* dachte er schaudernd. Plötzlich beschrieb der Gang eine Steigung, und als sie diese erklommen hatten, ging es am oberen Ende wieder geradeaus, bis sie an einer weißen Wand angelangt waren. Auf ihr war ein schwarzer Totenkopf zu sehen, unter dem die beiden Worte *Death end* geschrieben standen.
»Scheiße«, murmelte Dennis.

»Hier sind wir auf jeden Fall falsch.«
Er knirschte mit den Zähnen.
»Dann müssen wir wohl umdrehen.«
Er wandte sich ab und wollte automatisch die Spitze übernehmen, als Joan rief:
»Warte!«
Dennis drehte sich wieder um.
»Was ist?«
Joan ging näher auf die Wand zu.
»Gib mir mal bitte die Fackel«, bat sie Reinhart.
Er blickte sie verwundert an, reichte ihr jedoch die brennende Bodendiele. Joan leuchtete daraufhin aufmerksam die Wand ab, als sie diese erreicht hatte.
»Dort, schaut!«
Sie sahen sofort, was Joan meinte. Blutstropfen, die über die gesamte Fläche verteilt waren, allerdings mit normalen Augen in der Dunkelheit kaum zu erkennen waren.
»Wow. Dass du die entdeckt hast... aber... was hat das alles zu bedeuten?«
Joan sah Dennis aufmerksam an.
»Ich denke, es hat zu bedeuten, dass wir hier nicht alleine sind.«
Wie zur Bestätigung ihrer Vermutung hörte sie plötzlich ein leises Keuchen, das in der Dunkelheit so schrecklich klang, dass sie augenblicklich eine Gänsehaut bekam.

13

Ein Schuss ertönte in dem Moment, als Andrews gerade unter der Last des schweren Körpers begraben wurde. Er sah sofort das Einschussloch in dem Kopf der Kreatur, aus dem Blut herausströmte, bevor diese mit einem Stöhnen in sich zusammensackte. Andrews blickte nach oben und sah Verena genau in die Augen.
»Danke. Aber... das war ganz schön knapp«, meinte er.
»Du hättest auch genauso gut mich treffen können.«
Sie lachte.
»Dazu kann ich zu gut schießen, das kannst du mir glauben.«
Andrews wurde mulmig zumute. *Wenn mich die Kugel getroffen hätte, dann wäre ich jetzt vermutlich tot.* Er sah auf die verrenkte Gestalt am Boden, um deren Kopf sich bereits eine Blutpfütze gebildet hatte. Es musste einmal ein ganz normaler Mann gewesen sein, bevor ihm etwas Schreckliches zugestoßen war. Er war tot, daran bestanden keine Zweifel. Andrews wandte hastig seinen Blick ab und rappelte sich wieder auf.
»Komm mit«, sagte Verena.
»Wir sollten langsam zurückfahren.«
Sie gingen wieder zu dem Streifenwagen und Verena setzte sich wie selbstverständlich auf den Fahrersitz.
»Ich fahre«, betonte sie.
Andrews murmelte etwas Unverständliches vor sich hin und meinte dann:
»Wo müssen wir lang?«
Sie zeigte auf den Seitenstreifen, dort führte ein schmaler Weg entlang, auf dem man gerade so mit dem Auto fahren können

würde, bevor der nächste Baum im Scheinwerferlicht aufragte.
»Mach dir keinen Kopf. Ich kann Auto fahren.«
Andrews grinste.
»Okay, das glaub ich dir ja.«
Er öffnete nun die Beifahrertür und stieg ein.
»Dann fahr mal los. Ich denke, wir sollten keine Zeit mehr verlieren.«

»Sie werden früher oder später zurückkommen.«
Garcia zog jetzt seine Sig Sauer aus dem Holster.
»Und dann sollten wir da und bereit sein.«
»Aber das birgt ein zu hohes Risiko...«
»Jacob.«
Garcias Stimme klang auf einmal beschwichtigend und belehrend. Maloney fühlte sich plötzlich wie ein Schüler, der eine Anweisung von seinem Lehrer bekommen hatte.
»Das ist nun einmal unser Job. Der birgt eben von Haus aus ein hohes Risiko.«
»Aber wir sind dann zwei gegen zwei...«
»Woher willst du das denn wissen?«, fragte Garcia und beäugte ihn kritisch.
»Das kann doch kaum Andrews' Werk sein, zumindest nicht alleine. Wir sollten uns also auf zwei oder mehr Personen einstellen.«
»Damit könntest du recht haben. Allerdings ist es eine sehr vage Vermutung.«
»John, du musst bei der Realität bleiben! Denk doch mal gründlich darüber nach!«
Garcia sah ihn erneut an.
»Okay, du hast ja recht. Besser?«

Maloney rang sich ein Grinsen ab.
»Ja, und zwar deutlich.«
»Das freut mich. Aber lass uns jetzt bei unserem Problem bleiben. Was sollen wir deiner Meinung nach tun?«
»Wir müssen uns zuerst im Wald verstecken und dort irgendwo in Deckung gehen. Und wenn er dann kommt, schlagen wir sofort zu.«
»Und wie willst du das genau anstellen?«
»Was?«
»Wir können sie doch nicht einfach erschießen. Wir brauchen sie unbedingt lebend, damit wir erfahren, wo all die Personen gefangen gehalten werden.«
»Das stimmt.«
Maloney sah ihn nachdenklich an.
»Aber wie zur Hölle sollen wir das anstellen?«
»Ich weiß es nicht. Was wir brauchen, ist ein Plan. Und zwar einen verdammt guten.«

Verena lenkte den Chevrolet Caprice zunächst um das Wrack des LKWs herum und dann wieder gekonnt auf die Straße. Sie kam unbeschadet aus dem Graben heraus, und Andrews bewunderte sie immer mehr - und das nicht nur ihrer Fahrweise wegen. Er bewunderte die Art und Weise, mit welcher Leichtigkeit sie all die Dinge meisterte, und ihre Verschlossenheit, die etwas Mysteriöses an sich hatte. Er wusste immer noch nicht genau, ob er sich vor ihr fürchten oder sie als Partnerin und Komplizin sehen sollte, aber auf alle Fälle respektierte er sie. Ob es andersherum genauso war, wusste er zwar nicht, aber er glaubte es, selbst wenn sie sich bisweilen etwas herrisch ihm gegenüber verhalten hatte. Alles in allem waren sie ein gut eingespieltes

Team. Nun mussten sie sich eventuell noch ein letztes Mal gegen seine beiden Kollegen Garcia und Maloney beweisen. Er war sich sicher, und würde sogar seinen gesamten Gewinn darauf verwetten, dass sie ihnen auf die Spur gekommen waren. *Auf eine äußerst tödliche Spur*, dachte er und grinste. *Sehr schade für sie.* Er wusste, dass dies seine letzte Aktion sein würde, danach musste er einfach nur noch abwarten, bis der Countdown abgelaufen war und sie am nächsten Morgen die Lagerhalle betreten würden. Sollte es bis zu diesem Zeitpunkt tatsächlich wundersamerweise jemand geschafft haben, zu überleben, würden sie diese Person an Ort und Stelle töten. Und danach würde endlich sein neues Leben beginnen. Er wäre frei, für immer.

»Wohin zieht es dich eigentlich, wenn wir mit der ganzen Sache fertig sind?«, fragte er nun beiläufig.

Er sah, wie sich ein Lächeln auf ihrem Gesicht andeutete.

»Ich denke, ich kann den Ort, der jetzt solange mein Zuhause gewesen ist, nicht einfach verlassen. Ich werde wohl so weitermachen wie bisher.«

»Aber was passiert, wenn man nach dir sucht? Das geht doch nicht! Irgendwann wird man dir unweigerlich auf die Schliche kommen, davon bin ich überzeugt.«

»Wie denn? Deine Kollegen werden bald nichts mehr erzählen können. Entweder, wir bringen sie ebenfalls zu der Lagerhalle, oder wir töten sie direkt an Ort und Stelle, sofern sie Probleme machen sollten.«

»Du scheinst dir ja ziemlich sicher zu sein, dass es funktionieren wird.«

»Was soll denn auch schon großartig schiefgehen?«, fragte sie ihn.

»Na ja, sie könnten auf uns schießen...«
Sie winkte ab.
»Die werden uns doch gar nicht bemerken. Wenn wir leise sind, sollten wir es locker schaffen, sie umzubringen, ohne dass sie einen Mucks von sich geben.«
»Du klingst ganz wie ein Profi.«
»Das bin ich ja auch.«
»Das stimmt.«
Sie war tatsächlich ein Profi, das konnte Andrews nicht abstreiten. *Und kaltblütig noch dazu*, dachte er. Den Rest der Fahrt legten sie schweigend zurück, bis sie den Streifenwagen kurz darauf auf dem Schotterplatz abstellten. Verena hatte während der letzten Meilen die Scheinwerfer ausgeschaltet, und sie hatten die restliche Strecke in kompletter Finsternis zurückgelegt. Den Motor abzuschalten gelang ihr zwar nicht komplett lautlos, aber sie verhielt sich dabei dennoch sehr, sehr leise. Verena stieß Andrews an und deutete stumm auf das Fenster des Containers. Dort brannte Licht, das war klar zu erkennen. Sein Herz schlug immer schneller. *Sind sie gerade tatsächlich da drin?* Es wäre zu schön um wahr zu sein. Sie näherten sich leise der Treppe, Verena stieg die Stufen hoch und ging langsam vor. Sie trug die Waffe bei sich, Andrews hatte sie ihr überlassen, damit sie den unangenehmen Part dieser Aufgabe selbst erledigen konnte. Er war froh, dass er nicht das Leben seiner Kollegen in der Hand hatte, sondern, dass sie deren Todeszeitpunkt bestimmen würde. Außerdem hatte er keine Lust, einen unnötigen Fehler zu begehen und sie damit noch weiter in die Bredouille zu bringen. Vorsichtig legte Verena ein Ohr an die Metalltür, aber aus dem Inneren war kein einziges Geräusch zu vernehmen.
»Keine Bewegung!«

Ruckartig drehte Andrews sich in die Richtung, aus der die Stimme gekommen war, doch er sah dort nichts als Dunkelheit. Er versuchte, seine Augen an die Schwärze zu gewöhnen, doch es gelang ihm nicht. Dennoch erkannte er die Stimme: sie gehörte eindeutig Jacob Maloney. Eine Kugel schlug plötzlich irgendwo in seiner Nähe ein, und Verena feuerte sofort in die Richtung zurück, traf jedoch ebenfalls nicht.
»Hände hoch und die Waffe weg!«, schrie Maloney jetzt.
»Sofort! Ich werde nicht noch länger warten.«
Zur Bestätigung gab er einen weiteren Schuss ab, der jedoch weit danebenging.
»Lass uns reingehen!«, flüsterte Verena.
»Dort können sie uns nichts anhaben. Und später schlagen wir dann irgendwann zu.«
»Meinst du wirklich?«
»Ja.«
»Okay.«
Andrews öffnete daraufhin behutsam die Metalltür des Containers. Bevor er die Tür ganz aufgezogen hatte, überlegte er allerdings kurz. *Warum brennt das Licht? Wir haben es doch gar nicht angeschaltet...*
»Ich glaube, dass mein anderer Kollege gerade da drin ist.«
»Das werden wir gleich sehen.«
Verena zielte in den Container hinein, als die Tür geöffnet war, doch der Raum war komplett leer, sofern Andrews das auf den ersten Blick sehen konnte. Er entdeckte niemanden. *Aber... Maloney wird ja wohl kaum alleine hierhergekommen sein. Wo ist denn bloß Garcia?*
»Da drin ist niemand«, murmelte Verena.
Sie ging zu einem der Schränke und holte eine Taschenlampe

heraus, während Andrews anfing, die Tür zu verbarrikadieren.
»Such sofort alles zusammen, was wir brauchen.«
Sie sah ihn fragend an.
»Was hast du vor?«
»Früher oder später werden sie die Leichen entdecken. Glaub mal ja nicht, dass sie einfach so aufgeben werden. Das ist nicht ihr Stil. Das sind zwei ganz harte Bullen.«
»Noch härter als du?«
»Oh ja, viel härter.«
»Bist du dir da sicher?«
Sie lächelte ihn an.
»Ja.«
Andrews grinste zurück.
»Hast du irgendetwas vor?«
»Später. Erst einmal müssen wir unsere Arbeit erledigen.«
Andrews merkte plötzlich, wie *etwas* von innen gegen den Reißverschluss seiner Hose drückte. Verena nahm dies ebenfalls zur Kenntnis und lächelte.
»Jetzt? Wirklich? Komm, das kann doch nicht...«
Andrews zog sie näher an sich heran. Sein Verlangen war kaum noch zu bändigen.
»Oh ja, genau jetzt!«
»Aber was ist mit deinen Kollegen?«
»Die können wir auch später noch erledigen. Jetzt möchte ich erst einmal ein bisschen Spaß haben.«
»Macht dir das Töten denn etwa keinen Spaß?«
»Ganz ehrlich? Ich weiß es nicht. Aber eines weiß ich ganz genau: Ich will dich! Und zwar jetzt und hier.«
Er zeigte auf die Couch. Verena legte ihre Klamotten ab, und wenig später lag sie bereits nackt auf dem durchgesessenen Le-

dersofa. Sie zog Andrews die Hose herunter, und nur wenige Sekunden später lagen ihre nackten Körper bereits aufeinander. Andrews genoss es, wie er in immer kürzeren Abständen in sie eindrang, und es dauerte nicht lange, bis er pulsierend seinen Höhepunkt erreicht ha<tte.

»Du warst gut«, flüsterte Verena, nachdem sie einige Zeit atemlos und keuchend auf der Couch gelegen hatte. Andrews schwitzte.

»Das kann ich nur zurückgeben. Es war wundervoll.«

»Ist dein Verlangen jetzt gestillt?«

Sie sah ihn mit einem Blick an, den Andrews nicht fähig war, zu deuten. Er wurde aus dieser Frau einfach nicht schlau; sie war ein ungelöstes Rätsel für ihn.

»Ja, aber nur für eine gewisse Zeit.«

»Wir können das Ganze jederzeit wiederholen.«

Andrews zog sich nun wieder seine Klamotten an, als er plötzlich hörte, wie die Tür eines Schrankes aufschwang. Er drehte sich um, doch er konnte das, was als Nächstes geschah, nicht mehr verhindern. Er sah seinen Kollegen, John Garcia, der mit einer Sig Sauer in der Hand aus der Dunkelheit sprang, spürte wenig später die Kugel in seinen Hals einschlagen, und kippte nach hinten, während er Verena aufschreien hörte. Er konnte noch verschwommen erkennen, wie sie die Waffe, die sie von Andrews erhalten hatte, zog, und John Garcia drei Kugeln in den Bauch feuerte.

»Shawn!«, schrie sie.

»Wurdest du getroffen?«

Sie kannte die Wahrheit, wollte sie jedoch nicht realisieren.

»Verena.«

Seine Stimme klang schwach, und Verena wusste sofort, dass

es nicht mehr lange dauern würde, bis er sterben würde.
»Bring es zu Ende. Führe unsere Aufgabe fort. Bitte.«
Verena sah erst ihn und dann seinen leblosen Kollegen an.
»Ja. Ja, ich werde es zu Ende bringen.«
Sie waren zu unvorsichtig gewesen. Es war ein Fehler gewesen, nicht alles genau zu kontrollieren, denn Verena hatte genau gewusst, dass sie das Licht im Container nicht angeschaltet hatte. Sie hatte zunächst gedacht, es wäre bloß ein Ablenkungsmanöver gewesen, doch jetzt musste sie sich die bittere Wahrheit eingestehen. *So kann man sich täuschen.* Merkwürdigerweise spürte sie keine Trauer in sich aufsteigen, nicht einmal einen Anflug davon. Keine einzelne Träne, nichts. *Ich bin wohl einfach zu abgehärtet, um in so einer Situation emotional zu werden.* Sie schüttelte den Kopf. *Das kann doch wohl nicht wahr sein. Nicht er! Jetzt muss ich den letzten Part ganz alleine durchziehen.* Es würde ein schwerer Weg werden, doch sie war durchaus bereit, ihn zu gehen. Sie war fest entschlossen, und aufgeben kam nicht in Frage.

Maloney hörte die vier Schüsse aus dem Inneren des Containers. Ihm wurde mulmig zumute. *John!*, dachte er besorgt, lief in Richtung des Containers und rüttelte an der Metalltür. Aber sie war verriegelt und im Inneren war es plötzlich absolut still. Totenstill. *Scheiße!*, dachte er.
»John?«
Er lauschte. Doch da war nichts, außer das ferne Rauschen eines Baches und dem leisen Wind, der die Baumkronen rascheln ließ. Maloney klopfte, und rief erneut den Namen seines Kollegen, als die Tür plötzlich geöffnet wurde. Er zog sofort seine Sig Sauer aus dem Holster, und richtete sie auf die Person, die

ihm geöffnet hatte. Dann steckte er sie erleichtert wieder weg. Vor ihm stand John Garcia. Dieser hatte den Kopf gesenkt, und erst jetzt, ein paar Sekunden später, sah Maloney, dass aus mehreren Einschusswunden in seiner Bauchgegend Blut auf den Boden tropfte.
»John, du bist verletzt!«
Plötzlich merkte er, wie der massige Körper seines Kollegen gegen ihn sackte, und er schrie auf, als er unter der Last des Körpers begraben wurde. Er versuchte, den leblosen Garcia von sich herunterzubekommen, doch Verena verhinderte dies, indem sie sich geschickt auf dessen Beine stellte.
»Dein Kollege ist tot! Genauso wie Shawn. Tja, fehlst also nur noch du. Dann haben wir hier drei tote Bullen. Aber... dich werde ich nicht sofort töten, davon kannst du ausgehen.«
Sie grinste. Ein wirklich teuflisches Grinsen.
»Ich werde dich zuerst ausgiebig foltern, bis ich dich irgendwann erlösen werde. Und jetzt...«
Sie holte auf einmal etwas aus ihrer Tasche hervor, das aussah wie ein Waschlappen.
»Das Spiel geht weiter, Jacob. Es hat eigentlich sogar gerade erst begonnen.«
Sie presste ihm nun den mit Chloroform getränkten Waschlappen auf den Mund. Maloney wollte schreien, doch er konnte es nicht mehr, denn schon wenig später verlor er sein Bewusstsein und glitt in eine tiefe Finsternis.

14

Caleb reagierte schneller, als er zu Denken fähig war. Er sprang auf Joshua zu, riss ihn zu Boden und hämmerte dann mit seinen Fäusten auf ihn ein. Doch Joshua entwickelte plötzlich eine nicht zu bändigende Kraft, warf ihn zur Seite und rappelte sich wieder auf. Caleb sah Cathys verrenkten Körper, das gebrochene Genick und den Ausdruck des Schocks in ihren weit aufgerissenen Augen. Er stand auf und versuchte, in der kurzen Zeit seinen nächsten Schritt genauestens zu planen. Der hell erleuchtete Raum hinter Joshua war wohl seine einzige Möglichkeit. *Er ist offenbar vom Teufel besessen. Ich muss ihn irgendwie dort hineinkriegen. Nur wie?* Tränen stiegen in ihm auf, er wusste nicht, woher sie kamen, und versuchte daher, sie zu verdrängen. *Ich kannte sie doch kaum.* Trotzdem war es unglaublich schlimm, einen Menschen auf eine solch grausame Art und Weise sterben zu sehen. Joshua schien es offenbar nicht auf ihn abgesehen zu haben, denn er machte keinen Schritt in seine Richtung und deutete auch keinen Angriff an. Daher machte Caleb sich bereit, rannte auf ihn zu und versetzte ihm einen so heftigen Stoß, dass Joshua wieder in dem Raum landete, aus dem er kurz zuvor herausgekommen war. Ein Raum, in dem etwas wirklich Schreckliches geschehen sein musste. Caleb warf die Tür zu, und sie fiel mit einem lauten Knall ins Schloss. Er hörte nun einen Schrei von Joshua, der ihm jedoch kaum mehr ähnelte, er klang eher wie direkt aus der Hölle entsprungen. Joshua rüttelte von innen an dem Knauf und bat Caleb immer wieder, die Tür zu öffnen und ihn aus dem Gefängnis herauszuholen. Doch Caleb ließ sich davon nicht verwirren, auch, wenn die Worte, die Joshua sprach, wieder ganz normal klangen. Ein Dämon hauste in ihm, und er würde ihn erst durch Joshuas Tod vertreiben können. Caleb überlegte kurz. *Soll ich ihm ein schnelles Ende bereiten?* Ihm fiel spontan nur der halb ausgelaufene Benzinkanister ein, doch es bestand die Gefahr, dass er damit die gesamte Halle in Brand setzen würde. Nein, ein Feuer kam nicht in Frage. Aber was konnte er sonst tun? Nichts, womit er nicht auch sich selbst oder die anderen in Gefahr bringen würde. Er warf noch einen Blick auf Cathy, wandte sich dann jedoch ab und ging wieder zurück zu den anderen. Nicole und Lauren sahen ihn entsetzt an, Horatio befand sich erneut in einer Phase, in der er nicht bei Bewusstsein war.

»Caleb! Was ist denn passiert?«, fragte Lauren aufgebracht.

Sie sprang auf und umarmte ihn.

»Ist alles in Ordnung bei dir?«

Sie sah bereits an dem verstörten Ausdruck in seinen Augen, dass dem nicht so war. Ganz und gar nicht.

»Nichts ist in Ordnung! Cathy ist tot! Joshua hat sie getötet. Er ist besessen.«

»Besessen?«

Lauren sah ihn aus großen Augen an.

»Bitte sag, dass das nicht wahr ist.«

»Wohl kaum«, meldete sich Nicole zu Wort.

Sie klang ziemlich ruhig, so, als hätte sie so eine Situation bereits erwartet.

»Das Böse ist an diesem Ort. Denn hier stand das Haus, in dem mein Mann ums Leben gekommen ist. Er wurde von so einem Dämon umgebracht, zumindest laut der Erzählung seines Kollegen. Ich habe es zuerst nicht wahrhaben wollen, weil ich bis

dahin weder an Geister noch an Dämonen oder Ähnliches geglaubt habe. Aber... irgendwie fügen sich jetzt all die Puzzleteile in meinem Kopf zu einem Bild zusammen.«
»Passender kann man es nicht formulieren«, murmelte Caleb.
»Wir müssen etwas unternehmen. Das Böse ist hier, und sein Ziel ist es, uns alle umzubringen.«

»Scheiße, was war das?«, fragte Dennis nervös.
»Wir müssen schleunigst hier weg, solange wir noch können«, meinte Reinhart.
Michael nickte.
»Ja, wir müssen weg. Und zwar schnell!«
Er übernahm jetzt die Führung und ging an dem verdutzten Dennis vorbei.
»Komm schon!«, rief er, und an Reinhart gewandt sagte er: »Gib mir die Fackel.«
Er reichte ihm die Fackel. In dem schwachen Licht war ein eindeutiger Ausdruck auf Dennis' Gesicht zu sehen. Pure Furcht. Der Schweiß lief in Bächen über seinen makellosen Körper, er glitzerte im schwachen Schein der Fackel. Sie setzten sich wieder in Bewegung und gingen durch den Gang zurück, durch den sie hergekommen waren. Das Keuchen wurde mit der Zeit immer mal wieder leiser und lauter. Es schien sich förmlich in den Wänden des Labyrinths festgesetzt zu haben und nur darauf zu warten, sie mit in die Tiefe reißen zu können. Ein Weg, der geradewegs in die Hölle führte, dessen war Michael sich sicher. Joan griff in der Dunkelheit ängstlich nach Dennis' Hand, doch sie glitten immer wieder auseinander, da beide ziemlich verschwitzt waren. Trotzdem ließen sie einander nicht los, sie zogen sich gegenseitig durch die Dunkelheit, die nur durch den

schwachen Schein der provisorischen Fackel erhellt wurde und hatten bereits wenig später wieder die Stelle, an der sie sich entschieden hatten, den linken Weg einzuschlagen, erreicht. Statt wieder in die Richtung des Raumes zu gehen, in dem sie zwar gefangen, aber in Sicherheit gewesen waren, leitete Michael die Gruppe nun nach rechts. *Es könnte schließlich der einzige Ausweg sein*, dachte er. *Und wenn nicht, gehen wir halt wieder zurück.* Michael konnte und wollte sich nicht vorstellen, dass es keinen Ausweg aus dieser Situation gab. Das Einzige, was er jetzt noch tun konnte, war zu hoffen, und das tat er schon die ganze Zeit über. Das Beunruhigende aber war, dass das Keuchen zwischenzeitlich für ein paar Augenblicke verschwunden war, doch als er gerade glaubte, es nicht mehr hören zu müssen, tauchte es erneut auf und wurde sogar intensiver. Es klang definitiv nicht menschlich, eher nach einem Tier, doch Michael konnte nicht sagen, was für eines das sein sollte. Er wollte es auch eigentlich nicht wissen. Das Einzige, was er wollte, war, diesen Ort so schnell wie möglich zu verlassen. *Träum weiter*, dachte er. Er hörte den hektischen Atem von Maya in seinem Rücken, die direkt hinter ihm ging.

»Alles okay?«, flüsterte er.

»Ja, alles in Ordnung. Soweit man das behaupten kann.«

Der Gang beschrieb jetzt eine Steigung, genau, wie es der andere vorhin auch schon getan hatte. Michael atmete schwer, denn es war enorm anstrengend und die Luft war extrem stickig. Sofort bildete sich ein Schweißfilm auf seiner Stirn. Das Licht der Fackel wurde immer stärker, denn die Bodendiele stand langsam schon fast komplett in Flammen, lange würde es nicht mehr dauern, bis das ganze Holz abgebrannt und sie somit unbrauchbar war.

»Wir müssen uns beeilen, die Fackel hält nicht mehr lange durch, fürchte ich.«
Dennis blickte ihn in der Dunkelheit an und nickte.
»Ja, du hast recht.«
Er drückte daraufhin Joans Hand fester.
»Kommt schon. Wir haben es bald geschafft.«
Dennis wandte seinen Blick wieder nach vorne, der Gang wurde auf einmal immer enger. Nach kurzer Zeit mussten sie bereits ihre Köpfe einziehen, denn sie hatten den obersten Punkt der Steigung erreicht. Dennis wischte sich den Schweiß von der Stirn und ging nach vorne zu Michael.
»Hier geht es nicht mehr weiter«, stellte er fest.
Vor ihnen war der Weg zu Ende. Michael beleuchtete die Umgebung. Unter ihnen ging es in die Tiefe – wie weit, das vermochte er nicht zu sagen. Auf dem Boden befand sich jedoch ein Tümpel, das war noch im Schein der Taschenlampe zu erkennen.
»Wo sind wir denn hier gelandet?«, fragte Reinhart.
Auch er war körperlich total fertig. Er keuchte und schnaufte und schien kaum noch Luft zu bekommen.
»Das kann doch nicht wahr sein«, murmelte Michael.
»Das hier ist der einzige Weg, den es gibt! Die andere Möglichkeit führt zu der weißen Wand, und da kommen wir erst Recht nicht weiter.«
»Wir sollten springen!«, rief Maya.
Alle sahen sie überrascht an, und Dennis ergriff schließlich das Wort.
»Das geht nicht. Wir können doch unmöglich einschätzen, wie tief das Wasser ist.«
»Es gibt aber keinen anderen Weg, das hast du doch gehört.«

»Trotzdem...«
»Er hat recht.«
Michael unterbrach ihn und sah Maya an.
»Bei so einem Sprung würden wir nur unnötig unser Leben riskieren.«
Maya blickte trotzig zurück.
»Ganz ehrlich? Das ist es mir wert. Seht doch ein, dass es für uns keine andere Möglichkeit mehr gibt.«
Sie drehte sich vom Rest der Gruppe weg und schien noch einmal tief in sich zu gehen, während sie gründlich ihren nächsten Schritt durchdachte. Dann wagte sie schließlich einen Schritt nach vorne und sprang ohne ein weiteres Zögern in die Tiefe.
Sie kam am Boden auf - und ein letzter Schrei löste sich aus ihrer Kehle, bevor sie von einer bleichen Hand in die Tiefe gezogen wurde.

»Was hast du vor?«, rief Lauren Caleb hinterher.
Er war aufgestanden, auf den Benzinkanister zugegangen und hatte ihn an sich genommen. Er war noch etwa zur Hälfte gefüllt.
»Was willst du damit anfangen?«
»Es muss einfach einen Weg geben«, antwortete er nur.
»Einen Weg? Was meinst du damit?«
»Lauren.«
Caleb sah sie an.
»Hör mir genau zu.«
Lauren hob ihren Kopf und blickte ihm tief in die Augen.
»Ich habe einen Plan.«
Er wandte sich auch an Nicole, die immer noch neben dem bewusstlosen Horatio kauerte.

»Und der wäre?«, fragte sie kritisch.
»Der Raum, in dem ich Joshua, oder besser gesagt, die Gestalt, die er geworden ist, eingesperrt habe, könnte unser Weg in die Freiheit sein. Auch, wenn wir dafür im wahrsten Sinne des Wortes durch die Hölle gehen müssten.«
»Ich verstehe nicht, was du meinst.«
»Es ist ganz einfach. Ich denke, dieser Raum ist unser Ausweg. Jedoch müssen wir dafür zuerst Joshua töten.«
»Und wie willst du das anstellen?«
Er deutete auf den Benzinkanister.
»Dieses Risiko müssen wir leider eingehen. Wir müssen den Raum komplett niederbrennen, dann haben wir vielleicht eine Chance, zu entkommen. Einen anderen Weg sehe ich leider nicht. Ihr?«
Er ließ seinen Blick umherschweifen.
»Okay, und was machen wir mit ihm?«, fragte Nicole und deutete auf den bewusstlosen Mexikaner.
»Er kann leider nicht mitkommen. Wir werden sofort einen Krankenwagen rufen, wenn der Plan aufgeht und wir wirklich einen Ausweg gefunden haben.«
»Ich finde das Ganze aber etwas zu riskant«, murmelte Lauren.
»Was passiert denn, wenn du bei dem Versuch, den Raum anzuzünden, aus Versehen die ganze Halle in Brand setzt? Dann sind wir alle mausetot, da hilft dann auch kein Krankenwagen mehr.«
»Sie hat recht«, murmelte Nicole.
»Wir sollten das besser nicht tun.«
Caleb schüttelte den Kopf.
»Aber was sollen wir denn sonst machen? Was bleibt uns denn schon anderes übrig?«

»Warten.«

»Oh Nein. Ich warte hier ganz bestimmt nicht noch länger. Schau dir doch nur mal diese Tür an.«

Caleb deutete auf die dicke Eisentür am anderen Ende, hinter der Joshua eingeschlossen war.

»Die ist so dick, da kommt das Feuer nie im Leben durch. Das geht gar nicht.«

»Und was ist mit den anderen...?«, fing Lauren an, wurde jedoch sofort von Caleb unterbrochen.

»Die sind dort.«

Er zeigte auf die Tür, die sich durch den Sprengsatz kurz geöffnet hatte, jetzt allerdings wieder geschlossen war.

»Na gut. Da es wohl keinen anderen Weg gibt... ziehen wir es eben durch.«

Lauren blickte Nicole entsetzt an.

»Er hat recht«, sagte diese beschwichtigend.

»Es ist unsere einzige Möglichkeit.«

Caleb gefiel sein Plan ehrlich gesagt selber nicht, doch er war so verzweifelt, dass er wusste, dass er ihn trotzdem umsetzen musste. *Lieber sterbe ich in den Flammen als durch irgendwelche Dämonen, die sich an meinem Inneren laben.*

15

Jacob Maloney erwachte. Es war dunkel und warm, nur der schwache Schein einer Kerze erhellte die Umgebung. Er versuchte, sich zu bewegen, musste jedoch schnell feststellen, dass seine Arme und Beine mit einem Gürtel an einer Tischplatte fixiert waren. Er stöhnte leise auf, als er sich wieder daran erinnerte, wie er das Bewusstsein verloren hatte. Der Schweiß lief in Bächen über seinen nackten Oberkörper und er hatte das Gefühl, er würde brennen, so heiß war ihm. Er blickte hektisch durch den Raum, fand jedoch nichts in seiner Nähe, womit er sich befreien könnte. Der Container, in dem er gefangen war, war leer, offenbar hatte ihn die Komplizin von Shawn Andrews alleine gelassen. *Es hat etwas mit Nicole zu tun*, dachte er. *Mit Nicole, Charles und den anderen neun Vermissten.* Er versuchte die Situation, in der er sich gerade befand, zu verstehen, doch es gelang ihm bei bestem Willen nicht. Maloney drehte sich soweit es ging um, doch seine Fesseln schnitten ihm sofort in die Haut seiner Arme und Beine, und er schrie schmerzerfüllt auf. Er konnte sich nicht befreien, das musste er nach mehreren kraftraubenden Versuchen ernüchtert feststellen. Keuchend lag er auf dem Rücken und starrte an die Decke, während er versuchte, sich im Kopf einen Plan zurechtzulegen. *Raus. Nur raus hier, das ist das Einzige, was jetzt zählt. Nur wie soll ich das anstellen?* Seine Haut war an den Stellen, wo sich die Schnalle des Gürtels befand, komplett aufgeschürft; eine der Wunden begann sogar bereits zu bluten. *Moment mal.* Er versuchte, den Geruch, den er gerade wahrgenommen hatte, zu identifizieren. Maloney atmete noch einmal tief ein und rümpfte dann die Nase. *Irgendetwas Scharfes... fast wie... Benzin? Nein, Benzin ist es nicht. Nur was könnte es sonst sein? Irgendetwas Hochentzündliches auf jeden Fall!* Panisch wälzte er sich auf die Seite und nahm dafür weitere Schmerzen in Kauf. Der Tisch unter ihm fühlte sich hart an und sein Rücken schmerzte bereits seit einiger Zeit. Er legte sich wieder in seine übliche Position und dachte intensiv nach. *Was soll ich jetzt tun?* Ihm schien offenbar nur eines übrig zu bleiben: Warten. Doch das wollte er auf gar keinen Fall. Er wollte Andrews' Komplizin nicht wiedersehen, denn so, wie es aussah, hatte sie teuflische Pläne. Pläne, die alles, was er sich als Hölle vorstellen konnte, weit übertreffen würden. *Beruhig dich. Du bist sonst nicht fähig, klar zu denken,* sprach eine der Stimmen tief aus seinem Inneren. Im Schein der Kerze entdeckte er nun einen Tisch, auf dem ein paar Werkzeuge zu sehen waren. Folterwerkzeuge, von denen einige aus dem Mittelalter stammten: eine Schraubzwinge, in der man einen Kopf einspannen konnte und die schließlich bis zum Zerbrechen des Schädels gespannt werden konnte. Gewichte, die mit einer sehr hohen Anzahl von Kilogramm gekennzeichnet sein mussten und die ihm die Luft zum Atmen nehmen würden, falls die Frau sich dafür entscheiden sollte, sie anzuwenden. Ein Grill, der nur noch angezündet werden musste und dessen Rost seine Haut verbrennen würde. Ein Gürtel, mit vielen Stacheln, der wie eine Peitsche funktionierte und noch viele Grausamkeiten mehr. Beim Anblick der Dinge wurde Maloney übel, und er wollte gar nicht erst über die Schmerzen, die diese Werkzeuge erzeugen konnten, nachdenken. Natürlich stand dort auch ein großer Behälter mit Wasser. *Waterboarding*, dachte er entsetzt. Eine der Schlimmsten, modernen Foltermethoden, bei welcher der Gefolterte Wasser über das Gesicht geschüttet bekommt, das in seinen Mund und seine Nase strömt. Eine sehr, sehr wirkungsvolle Methode, vor allem bei Geiselnehmern, die wichtige Informationen von ihren Opfern brauchten. *Was will sie nur von mir? Was könnte ich für Informationen haben? Und was hatte sie mit 'das Spiel ist noch lange nicht vorbei' gemeint?* Ihm kam die Situation immer absurder vor, je länger er darüber nachdachte. Außerdem wurde ihm mit jeder Sekunde klarer, wie ausweglos seine Lage doch war. *Ich werde hier definitiv nicht mehr lebend herauskommen.* Tränen stiegen ihm in die Augen. *Das war's dann wohl.* Das Einzige, was er noch hoffen konnte, war, dass sie Gnade walten ließ und ihm einen schnellen Tod schenken würde. Doch selbst das glaubte er nicht, da die Auswahl an Folterwerkzeugen so unglaublich groß war. Eine Träne lief seine Wange hinunter und er schüttelte den Kopf, als er versuchte, seine Trauer zu unterdrücken. *Ich muss jetzt stark bleiben, verdammt.* Aufgeben kam für ihn einfach nicht in Frauge. Maloney fühlte sich schrecklich müde, und hatte das fast übermenschliche Bedürfnis, zu gähnen. Einfach nur die Augen zu schließen und in das Reich der Träume zu gleiten…. in die friedlichste Welt, die er bisher hatte kennenlernen dürfen, zumindest bis sein Leben sich vor etwas mehr als einem Jahr mit dem Mord an seinen Kollegen Ben Sawyer von jetzt auf gleich geändert hatte. Bis er dieses Ding… diesen Dämon… erblickt hatte, bis er in die hilflosen Augen seines Kollegen und Freundes geblickt hatte, und bis er unweigerlich gewusst hatte, dass er diesem nicht mehr helfen konnte. Von diesem Zeitpunkt an war selbst dieses friedliche Reich nicht mehr friedlich, denn er war immer öfter von Albträumen heimgesucht worden. Aber er wollte seinen Job trotzdem nicht aufgeben, denn es war ihm viel zu wichtig, das Rätsel um das sogenannte *Geisterhaus* endlich zu lösen. *Und dieses Mysterium führt mich jetzt letzten Endes in den Tod.* Denn dass es damit etwas zu tun hatte, daran bestanden für ihn keine Zweifel. Die Leichenteile im Schrank, aufbewahrt in Einmachgläsern, die vielen Handys, sein Kollege Shawn Andrews... er schüttelte den Kopf. Nie im Leben hätte er jemals geglaubt, dass Shawn Andrews so ein Mensch war. *Wie man sich täuschen kann. Stille Wasser sind wirklich tief...* Plötzlich dachte er daran, wie er sein bisheriges Leben verbracht hatte. *Vollkommen alleine.* Er hatte keine Frau wie sein ehemaliger Kollege Ben, die ihn jeden Abend zu Hause erwartete, er war eigentlich immer schon alleine gewesen, bis auf ein paar Beziehungen, von denen die längste drei Monate gehalten hatte. Es gab einfach nichts Wichtiges und Bedeutsames in seinem Leben. Der Beruf hatte für ihn schon immer vor einer eigenen Familie gestanden. Damals hatte er vorgehabt, eine Familie zu gründen und als Polizist etwas kürzer zu treten, sollte er je die passende Frau finden. Aber das waren nichts als Vorsätze gewesen, die er niemals hätte einhalten können, und mittlerweile war es Schnee von gestern. Er hatte im Grunde niemals richtig gelebt, das Leben nie in vollen Zügen genossen, sondern war immer zu sehr auf sein einziges Hobby fixiert gewesen: seinen Beruf. Aber das war jetzt auch egal, es brachte nichts mehr, sich jetzt darüber den Kopf zu zerbrechen. Es würde ihn nur ablenken, und das war genau das, was er im Moment am allerwenigsten brauchen konnte. Oder am allermeisten. *Ach Scheiße*, dachte er verzweifelt. *Ich weiß es doch selber nicht.* Plötzlich spürte er, wie ein anderes Gefühl seine Trauer verdrängte; ein Gefühl, welches ihm nur allzu bekannt war. Er kannte es aus Situationen, in denen er einen Mörder vor sich sitzen hatte. Unbändige Wut! Erneut nahm er wahr, wie der Gürtel seine Haut aufriss, bemerkte das warme Blut, das sich zu dem Schweiß mischte und schließlich in unregelmäßigen Abständen von seinem Körper auf den Boden tropfte. *Plopp. Plopp. Plopp. Plopp.* Es waren die einzigen Geräusche, die er hier drin vernahm, außer denen seines Herzschlags. Dazu gesellte sich noch sein Atem. Maloney ließ die Atmosphäre des Ortes auf sich wirken und versuchte, einen Plan zu entwickeln. *Etwas anderes bleibt mir nicht übrig, außer zu warten. Und mich auf die schlimmsten Schmerzen, die ich je im Leben erleiden werde, vorzubereiten.* Sein Magen zog sich erneut zusammen, denn er konnte und wollte nicht daran denken. *Denk lieber an etwas Angenehmeres*, befahl er sich. Doch das Bild, welches sich nun vor seinen Augen bildete, war wahrlich kein Besseres. Er musste nun an John Garcia denken, und er sah, wie dessen lebloser Körper auf ihn stürzte und ihn unter sich begrub. *Ich hätte ihn von seinem Vorhaben abhalten sollen. Aber hinterher ist man immer schlauer.* Das Ganze war von Anfang an zum Scheitern verurteilt gewesen, denn es war viel zu gefährlich gewesen, Andrews und seine Komplizin überraschen zu wollen. Aber Garcia war förmlich besessen davon gewesen, die beiden zu fassen, und dieser Schritt hatte letztendlich seinen Tod bedeutet. *Wenigstens musste er nicht allzu lange leiden. Zumindest nicht so, wie ich es gleich tun werde.* Die Wut kochte wieder in ihm hoch, und zu ihr mischte sich nun auch noch Verzweiflung und Trauer… es herrschte das reine Gefühlschaos in seinem Kopf. *Kein Wunder in so einer Situation.* Plötzlich fiel Maloney wieder etwas ein… Worte, die ein Profiler, den er von seiner alten Arbeitsstätte gekannt hatte, ihm einmal gesagt hatte. Sie waren ihm immer im Gedächtnis geblieben: *Versuche nicht, dich in die Psyche eines Serienmörders hineinzuversetzen. Denn das, was du dann sehen wirst, glaub mir, das willst du gar nicht sehen. Sie sind allesamt krank und haben ein verzerrtes Bild von sich selbst und ihrer Umwelt.* Wie Recht der Profiler mit diesen Worten gehabt hatte. Maloney hatte jedoch nie wirklich darauf gehört, denn er hatte immer versucht, einen Blick in das Innere eines Mörders zu werfen. Doch es war meistens schiefgegangen... die eine Sorte war gerissen und prahlte mit ihren Taten, die anderen waren verschlossen und durch nichts zum Sprechen zu bringen. Ihm fiel nun ein Zitat ein, welches er vor langer Zeit einmal in einer Zeitung gelesen hatte, es passte perfekt zu seinem aktuellen Gedankengang. *In jedem Menschen ist etwas Kostbares, das in keinem anderen ist.* Jeder Mensch war einzigartig und individuell, sogar jeder Mörder war einzigartig und dachte anders. Eigentlich war es kaum vorstellbar, da viele sich in ihrer Verhaltensweise durchaus ähnelten. Seine Gedanken schweiften jetzt immer mehr von der Realität ab und drifteten ins Nirwana. Er schloss die Augen und sah plötzlich weißen Nebel, der sich langsam lichtete. Er erinnerte sich noch genau an diesen speziellen Morgen, an den ersten großen Einsatz in seiner Laufbahn als Polizist. Sie hatten einen Drogenring zerschlagen, hatten mit einer Hundertschaft an Polizisten nahezu sechzig Dealer festgenommen. Und das nur, weil sie durch einen unglaublichen Zufall auf die Spur der Kerle gekommen waren. Maloney rang sich ein schwaches Lächeln ab. *Das waren noch Zeiten gewesen, in denen mein Leben noch in Ordnung gewesen war. Jetzt ist es nicht mehr als ein Haufen Trümmer.* Das *Geisterhaus* schlich sich unweigerlich wieder in seine Gedanken, denn alles hing irgendwie miteinander zusammen, er wusste nur noch nicht, wie. Das Einzige, was er wusste, war, dass dies alles kein verdammter Zufall sein konnte. *Nein, nie im Leben.* Einatmen.

Ausatmen. Einatmen. Ausatmen. Immer direkt hintereinander, immer im selben Rhythmus. Maloney zählte die Sekunden zwischen jedem Atemzug, es waren kaum mehr als drei. Die Substanz, mit der er eingeschmiert war, fing immer heftiger zu brennen an. Maloney biss sich auf die Zähne und drehte sich erneut auf die Seite. *Plopp. Plopp. Plopp. Plopp.* Wieder dieses Geräusch, das die Mischung aus Schweiß und Blut erzeugte, wenn sie auf den Boden tropfte. Einatmen. Ausatmen. Einatmen. Ausatmen. Ruhig bleiben. Hoffen, dass es einen Ausweg gibt. Irgendwie. Koste es, was es wolle. Langsam entspannte sich Jacob Maloney und versuchte, alle Geräusche um sich herum auszublenden und sich viel mehr auf das, was ihm bevorstand, vorzubereiten. Und ohne, dass er es wollte, schlossen sich plötzlich seine Augen, und er glitt erneut in die Welt, aus der er vor wenigen Minuten erst erwacht war.

16

Caleb wusste, dass nun die Zeit kam, in der es ernst wurde. *Okay*, dachte er. Er zitterte am gesamten Körper, denn er fürchtete sich unglaublich davor, den Raum in Brand zu setzen, und wollte das eigentlich überhaupt nicht, aber er wusste, dass er keine andere Wahl hatte. *Reiß dich zusammen, verdammt.* Seine Beine fühlten sich seltsam schwer an, als er auf den Kanister zuging, ihn aufhob und das vergossene Benzin sah. Auf dem Boden fand er außerdem die Packung mit den Streichhölzern, Joshua hatte sie offenbar dort liegengelassen. *Zu Zeiten, in denen er noch ein Mensch gewesen war. Verdammt, was ist in diesem Raum nur mit ihm passiert?* Caleb konnte sich einfach keinen Reim darauf machen, und er verzweifelte immer mehr an der Situation.
»Wartet hier. Ich will nicht, dass ihr seine Schreie hören müsst.«
Lauren schluckte schwer und sagte:
»Pass bitte auf dich auf.«
»Natürlich.«
Er grinste schwach.
»Ich bin gleich wieder da.«
Es gefiel ihm überhaupt nicht, die beiden mit Horatio alleinlassen zu müssen, doch es blieb ihm nichts anderes übrig. Es musste erledigt werden, und er war es, der diese Aufgabe zu Ende bringen sollte. *Ich muss uns retten.* Wenig später hatte er die Tür erreicht. Bevor sich jedoch seiner Aufgabe zuwandte, stellte er den Benzinkanister erst einmal ab und kletterte durch die eingeschlagene Fensterscheibe in den Raum hinein, in dem sich der Countdown befand. Er warf einen kurzen Blick auf die digi-

tale Anzeige. **23:26.** Die Uhr zählte bereits bedenklich herunter. Er blieb wie angewurzelt stehen, bis die Uhr genau dreiundzwanzig Minuten erreicht hatte und setzte sich erst danach wieder in Bewegung. Es war unglaublich beängstigend, wie sehr die Zeit gegen sie lief, denn nach Ablauf des Countdowns, das stand fest, würde irgendetwas Furchtbares geschehen - und dieser Moment kam unaufhaltsam näher. *Oder...* Eine andere Möglichkeit wäre es, dass sich dann die Türen öffnen würden und sie einfach gehen durften. *Nein*, dachte Caleb. *So etwas wird definitiv nicht passieren. Das wäre doch viel zu einfach.* Warum hätte man sie hier einsperren sollen, wenn man sie gar nicht töten wollte? Es ergab einfach alles keinen Sinn. *Ich muss mich jetzt konzentrieren. Ich bin nicht hierhergegangen, weil ich wissen wollte, wie viel Zeit uns noch bleibt.* Das Benzin schwappte hin und her, als er es mit zitternden Händen unter die Tür goss. Aus dem Inneren war nichts zu hören, es herrschte eine Totenstille. Caleb merkte nun, wie der Kanister immer leerer wurde, bis er schließlich sein Werk vollendet hatte. *Jetzt fehlen nur noch. die Streichhölzer.* Er kramte sie aus seiner Hosentasche hervor, zündete eines an, und wollte gerade die Pfütze, die er gelegt hatte, anzünden, als sich die Tür vor ihm öffnete.

Joshua rüttelte immer wieder verzweifelt an der Klinke der Tür, doch so sehr er sich auch bemühte, sie bewegte sich keinen einzigen verdammten Zentimeter. Es war unglaublich frustrierend, doch er dachte trotzdem nicht daran, aufzugeben, denn er wurde immer wieder dazu gedrängt, weiterzumachen und sich zu befreien. *Die andere Tür!* Sein Instinkt, oder viel mehr das Ding, was seinen Instinkt und seine Kontrolle übernommen hatte, leitete ihn zu der zweiten Tür am Ende des Raumes. *Ist das der*

Weg in die Freiheit?, dachte er beiläufig. Der Boden ächzte unter seinen Füßen, bis er schließlich zu der Tür gelangte. Seine Hand fuhr zu der Klinke, doch er musste feststellen, dass auch diese verschlossen war. *Scheiße!* Er spürte jetzt das dringende Bedürfnis, jemanden zu töten, und er würde es nicht mehr lange zurückhalten können. *Hier ist niemand!* Er spürte erneut diesen Wirt, den Dämon, der noch immer in seinem Nacken saß und schon auf bestem Wege zu seiner Seele war. Neben sich sah er jetzt ein Regal, welches er schon lange im Auge hatte, er hatte bisher nur noch nicht gewusst, warum... bis sein Blick zum Boden ging. Er grinste. Dort war doch tatsächlich eine Klappe, eine Art Falltür, mitten in den Bodendielen. *Warum ist mir die nicht schon früher aufgefallen?* Eine berechtigte Frage, aber er wusste die Antwort nicht. Allerdings war es ihm auch egal. Die Hauptsache war, dass er jetzt einen Weg gefunden hatte, um diesen Raum, der mehr oder weniger der Hölle glich, zu verlassen. *Eigentlich gehöre ich aber nirgendwo anders mehr hin.* Er zuckte mit den Schultern. *Ich sollte mich schon einmal an die Hölle gewöhnen.* Sein Verstand arbeitete unglaublich klar, denn er war immer noch dazu fähig, die Situation, in der er sich befand, zu begreifen. Doch eine Sache konnte er nicht verstehen, da sein Verstand genau in die entgegengesetzte Richtung gesteuert wurde. Nämlich die, dass es falsch war, Menschen zu töten. Joshua Archer riss das Brett aus seinen Fugen, öffnete die Falltür und sah dann hinunter in die stickige Dunkelheit. Anschließend setzte er einen Fuß auf die Leiter, die ihn hinab in das finstere Loch führte.

Caleb wagte sich jetzt einen Schritt vor, um vorsichtig in den Raum hineinzuspähen. Er ließ seinen Blick umherschweifen, bis er in dem Chaos eine Öffnung entdeckte, ein viereckiges, schwarzes Loch. Tiefschwarz. Er ging näher darauf zu, warf einen Blick über den Rand, konnte jedoch zunächst nichts als Dunkelheit ausmachen. Erst ein paar Sekunden später hatte er die Stufen an der Seite entdeckt, die nach unten führten. Ihm wurde mulmig zumute, als er daran dachte, was ihn dort unten wohl erwarten würde. *Zumindest nichts Gutes. Gar nichts Gutes.* Er dachte unwillkürlich an Lauren, Nicole und Horatio, und entschied sich, ihnen erst dann Bescheid zu geben, wenn er wirklich einen Ausgang entdeckt hatte. *Und wenn ihnen die offene Tür auffällt? Sie werden sich bestimmt nichts dabei denken.* Das hoffte er zumindest, denn er wollte Lauren und Nicole nicht in die Gefahr mitnehmen, die höchstwahrscheinlich in der Dunkelheit lauerte. *Außerdem dürfen sie Horatio in seinem momentanen Zustand nicht alleine lassen.* Caleb zögerte kurz, bevor er einen Schritt auf die erste Stufe wagte. Es war eigentlich unmöglich, dass Horatio noch lebte, denn er war lebensgefährlich verletzt worden und hätte eigentlich schon direkt in den ersten Minuten nach der Explosion sterben *müssen*. Caleb glaubte nicht an Wunder, ganz und gar nicht. *Aber was sollte das sonst gewesen sein?* Er wollte den Gedanken nicht zu Ende denken, denn dieser verwirrte ihn nur noch mehr, und sein Kopf drohte sowieso schon zu explodieren. Stattdessen setzte er seinen Fuß auf die zweite Stufe. Danach ging es zwar ein wenig schneller, dennoch kam es ihm wie eine Ewigkeit vor, bis er ohne den Halt zu verlieren endlich den Fußboden erreicht hatte. Seine Augen gewöhnten sich nur langsam an die Dunkelheit, weshalb er eine kurze Pause einlegen musste, ehe er weiterging. Nach wenigen Metern begann er bereits zu schwitzen, denn es war wirklich verdammt heiß hier unten. Er bemerkte zu beiden

Seiten neben sich Wände, außerdem schien die Decke immer näher zu kommen. *Ein unterirdisches Labyrinth?*, fragte er sich. *Ein Labyrinth hat ja bekanntlich immer einen Ausgang...* Caleb wusste, dass er sich keine zu allzu großen Hoffnungen machen sollte, tat es aber unbewusst trotzdem. Denn diese Hoffnungen trieben ihn an, motivierten ihn und brachten ihn letzten Endes weiter. Es dauerte eine Weile, bis er die erste Abzweigung erreicht hatte. Es ging nun entweder geradeaus oder rechts weiter. Er entschied sich kurzerhand für geradeaus – aus dem einfachen Grund, dass sich diese Wahl einfacher merken ließ, falls er irgendwann in eine Situation kommen würde, in der ihm nur noch die Flucht blieb. *Hoffentlich nicht. Hoffentlich finde ich einen verdammten Weg, uns alle hier herauszuholen.* Er schüttelte den Kopf und versuchte, sich auf das Wesentliche zu konzentrieren: auf den Weg, der vor ihm lag. Das Wichtigste war jetzt zunächst, ihn zu meistern, danach konnte er sich immer noch Hoffnungen machen. *Ja, das ist eine gute Idee. Denk an etwas anderes. An etwas, worüber du dir nicht so sehr den Kopf zerbrechen musst.* Aber was gab es schon in so einer Situation, was als Ablenkung dienen konnte? *Nichts. Rein gar nichts.* Seine Augen hatten sich mittlerweile an die komplette Schwärze gewöhnt, und er fand sich allmählich besser zurecht. Die Wände, die vor ihm lagen, konnte er anhand der Konturen erkennen. Plötzlich vernahm er ein Geräusch, welches ihm das Blut in den Adern gefrieren ließ. Er schloss die Augen und konzentrierte sich nur auf dieses eine Geräusch. Es ähnelte einem Keuchen, und schien aus den Wänden um ihn herum zu kommen. Er schluckte schwer. *Okay, bleib ruhig. Hier gibt es anscheinend doch keinen Ausweg.* Alles in ihm drängte ihn dazu, umzudrehen und zurück zu Lauren, Nicole und Horatio zu gehen, sich wieder in Sicherheit zu begeben. Doch andererseits... erneut war das Keuchen zu hören, dieses Mal sogar noch lauter. Er drehte sich um, orientierte sich hektisch an den Wänden und versuchte, einen Weg zurückzufinden. Nur wenige Sekunden später verlor er den Halt und spürte, wie sich etwas auf ihn warf und ihn fest zu Boden drückte.

»Er ist schon ziemlich lange weg«, stellte Lauren nach einer Weile besorgt fest.
»Hm. Schau mal.«
Nicole deutete auf den rückwärtigen Teil, in dem Caleb sich noch bis vor Kurzem aufgehalten hatte.
»Die Tür ist offen!«
Lauren spürte, wie sich ihr Magen zusammenzog. Ihre Kehle wurde so trocken, dass es sich anfühlte, als hätte sie Sand geschluckt. *Caleb ist in dem Raum verschwunden, von dem er vorhin erzählt hat. In dem kurz zuvor Joshua eingesperrt wurde.*
Das konnte nichts Gutes bedeuten.
»Bleib du bei Horatio. Ich gehe ihn suchen.«
»Nein.«
Nicole schüttelte den Kopf.
»Auf gar keinen Fall. Er... kommt bestimmt alleine klar.«
Lauren sah Horatios reglosen Körper an, er war noch immer noch nicht wieder bei Bewusstsein. Sie zuckte mit den Schultern. *Was wird bloß mit ihm passieren? Der Tod wäre in seiner Situation eine Erlösung.*
»Okay. Dann lass uns gemeinsam losgehen.«
Je näher sie der geöffneten Tür kamen, desto unruhiger wurde Lauren. Es dauerte eine gefühlte Ewigkeit, bis sie den Rahmen der Tür erreicht hatte und einen Blick ins Innere werfen konnte.

Es herrschte ein einziges Chaos darin, doch das blendete Lauren einfach aus, als ihr die offene Falltür ins Auge fiel... und die tiefschwarze Dunkelheit, die aus dem Loch kam, in das eine Leiter führte. Ihr Magen verkrampfte sich erneut. Joshua war fort, und auch Caleb musste den Weg in das dunkle Loch hinein eingeschlagen haben. *In der Finsternis lauern die schlimmsten Gefahren*, dachte sie. Und im nächsten Moment betete sie: *Hoffentlich nicht.*
»Wollen wir da etwa hinunter?«, fragte sie Nicole mit zitternder Stimme. Allein bei dem Gedanken daran wurde Lauren übel, ihre Platzwunde begann hinter dem Verband am Kopf zu pochen. Für einige Sekunden breitete sich ein Schmerz aus, den sie nicht länger auszuhalten glaubte, bis er schließlich zum Glück wieder abebbte.
»Wir müssen. Wir wissen doch nicht, ob ihm etwas passiert ist...«
»Sag das nicht. Bitte.«
Ihre Stimme hatte einen flehenden Unterton angenommen.
»Wir müssen aber alle Risiken einkalkulieren, und das gehört leider auch dazu...«
»Trotzdem. Wir dürfen auf keinen Fall unsere Hoffnung verlieren.«
»Wir werden es einfach auf uns zukommen lassen müssen. Eine andere Möglichkeit gibt es nicht.«
»Ja, da hast du recht«, murmelte Lauren, auch, um das Gespräch für den Moment erst mal zu beenden.
»Und jetzt nichts wie auf in das Loch. Ich kann es kaum noch abwarten.«
Ihr Tonfall verriet allerdings genau das Gegenteil.

Caleb schaffte es irgendwie, sich unter der Gestalt herauszuwinden und versuchte nun, sie wegzustoßen, scheiterte jedoch an der Kraft seines Gegners. Er warf einen Blick auf das *Ding* und sah, dass es Joshua war. Sein schrecklich entstelltes Gesicht, die leuchtenden Augen... *Das ist nicht mehr er. Das ist nur noch ein Teufel. Ein Dämon mit unbändiger Kraft.* Allerdings einer Kraft, der er nicht mehr lange standhalten konnte. Hektisch sah er sich um und suchte nach etwas, was er zur Verteidigung nutzen konnte, doch neben ihm waren nur die Wände, über ihm die Decke und unter ihm der Boden. Nichts, aber auch rein gar nichts, was im Entferntesten als Waffe hätte dienen können. Die Kreatur rappelte sich nun wieder auf, sah Caleb kurz an und stürzte sich dann erneut auf ihn. Caleb trat und schlug verzweifelt um sich, doch keiner seiner Hiebe konnte etwas gegen die Gestalt ausrichten. *Es ist sinnlos*, dachte er frustriert. Aber dann schoss ihm etwas anderes durch den Kopf: *Niemals aufgeben!* Zwei Gedankengänge, deren Kombination zum Scheitern verurteilt war in einer Situation, in der es um Leben und Tod ging. Caleb atmete tief ein, nahm erneut seine gesamte Kraft zusammen, und versuchte dann, sich zu befreien, doch es gelang ihm einfach nicht. Er bekam keine Luft mehr, denn der schwere Körper über ihm raubte ihm alles, sogar den letzten Funken Hoffnung, den er noch besaß. Er konnte nichts mehr ausrichten, blieb deshalb auf dem Boden liegen und hoffte, dass es wenigstens schnell gehen würde. Er schickte ein Stoßgebet in Richtung von Lauren, Nicole, Horatio und dem Rest, und hoffte, dass sie sich aus dem Lager befreien konnten. *Sie müssen jetzt ohne mich klarkommen.* Er spürte plötzlich einen unbeschreiblichen Schmerz, schrie auf, merkte dabei jedoch, dass seine Stimme nicht mehr normal klang. Nein, sie klang teuflisch. In diesem Moment, in dem Joshua von ihm abließ, ohne ihn getötet zu haben, wusste Caleb, dass der Dämon nun auch von seinem Körper Besitz ergriffen hatte.

Der Schock fuhr ihnen tief in die Glieder, und eine Ewigkeit lang war niemand fähig dazu, sich zu bewegen, ja, überhaupt nur zu atmen.
»Scheiße, was war das denn?«, flüsterte Dennis nervös.
»Auf jeden Fall nichts Gutes. Hast du diese Hand gesehen, die sie in die Tiefe gezogen hat? Die sah ganz und gar nicht menschlich aus.«
»Sah eher aus wie direkt aus der Hölle«, murmelte Reinhart.
»Schwarz, irgendwie verbrannt... und ich befürchte sogar, dass wir hier tatsächlich in der Hölle sind. Kommt, wir müssen zurück. Schnell.«
Er leitete die Gruppe jetzt wieder durch die engen Gänge, denn er hatte sich den Weg vorhin extra eingeprägt. Die Fackel war fast heruntergebrannt, es würde nicht mehr lange dauern, bis sie komplett unbrauchbar sein würde. *Umso mehr müssen wir uns beeilen.* Er hatte das Keuchen zwar irgendwann gar nicht mehr wahrgenommen, doch wenn er sich genau auf seine Umgebung konzentrierte, dann hörte er es immer noch. Es wurde sogar von Schritt zu Schritt intensiver, hatte er das Gefühl.
»Was ist das nur?«, murmelte er.
»*Wo* sind wir hier nur?«
»Wenn ich dir das beantworten könnte...«, meinte Dennis.
»Ich glaube, dann wären wir nicht mehr hier.«
Reinhart nickte.
»Wenn es nur eine Erklärung für diese Dinge gäbe... Scheiße.«
Er drehte sich zu Michael, Dennis und Joan um.

»Wenn es nur ein kleines bisschen wäre... versteht ihr, was ich meine?«
»Klar.«
Michael nickte.
»Ich verstehe dich nur zu gut.«
Sie gingen nun immer weiter durch die engen Gänge, bis sie schließlich wieder die Abzweigung erreicht hatten. Reinhart wählte jetzt den Gang, der sie zurück zu dem Zimmer führen würde, er wollte sich und die anderen jetzt nur noch in Sicherheit bringen, und das so schnell wie möglich. Nur wenig später wurde das Keuchen immer lauter und er hörte einen Aufschrei von Joan. Er wirbelte herum und stellte fest, dass sich eine Kreatur auf sie gestürzt hatte. Im Schein der provisorischen Fackel sah das *Ding* aus wie eine Ausgeburt der Hölle. Die Haut war schwarz, als wäre sie verkohlt, die Augen nur noch leere Höhlen, und die Zähne messerscharf. Dennis stürzte sich auf die Kreatur, die sich Joan als Ziel auserkoren hatte, und wurde umgehend zu Boden gerissen. Er atmete schwer, als er den Kopf der Kreatur immer näherkommen sah. Die Mundwinkel zu einem teuflischen Grinsen verzogen, öffnete sie ihren Mund und... fiel direkt auf die Seite, da Michael ihr einen Tritt verpasst hatte. Die Kreatur keuchte angestrengt, erhob sich aber wieder und ging dann erneut auf Joan los. Dennis holte daraufhin mit seinem Fuß aus, verpasste dem Kopf einen heftigen Tritt, und hörte, wie das Genick unter seinem Fuß brach. Die Kreatur ließ nun von ihm ab und fiel auf den harten Boden. Reinhart hielt die Fackel umklammert und beleuchtete damit das vollkommen von Blut entstellte Gesicht.
»Scheiße«, stieß Joan hervor.
Alle sahen aufgeregt in ihre Richtung.

»Bist du verletzt?«, fragte Dennis besorgt.
»Nein. Aber... das Ding da...«
Sie zeigte auf die am Boden liegende Kreatur.
»Leuchte das Gesicht noch einmal an«, befahl sie Reinhart.
Er zog die Augenbrauen hoch, leistete ihrem Befehl jedoch ohne nachzufragen Folge.
»Und was ist...«
»Oje«, stieß Dennis hervor.
»Scheiße, das war Joshua.«
Michael betrachtete das Gesicht ebenfalls näher, und tatsächlich... die aufgedunsene Gestalt unter ihnen war wirklich Joshua, klar zu erkennen an der Gesichtsform und dem Körperbau.
»Einer von euren Leuten?«
Michael nickte.
»Er war aber zuletzt nicht mehr er selbst. Er ist ein Monster geworden. Ein Dämon.«
Reinhart sah alle aufmerksam und alarmiert an.
»Und wenn wir das nicht auch werden wollen, sollten wir zusehen, dass wir so schnell wie möglich von hier verschwinden.«
Sie wandten sich hastig von dem leblosen Körper ab und gingen dann wieder den Weg entlang. Als Dennis jedoch den ersten Schritt machen wollte, bemerkte er plötzlich einen Schatten in seinem Nacken und spürte wenig später, wie er von einem schweren Körper zu Boden gerissen wurde.

Vorsicht, dachte Lauren, als sie die erste Treppenstufe unter sich spürte. Behutsam stieg sie hinunter, bis sie das Ende des schwarzen Lochs erreicht hatte und den Boden unter sich wahrnahm.

»Okay, ich bin jetzt unten!«, rief sie Nicole zu.
»Gut. Moment, ich komme nach.«
Lauren wandte ihren Blick von der Lichtquelle ab und versuchte, ihre Augen an die Schwärze zu gewöhnen. Es dauerte jedoch ein paar Sekunden, bis sich aus der Dunkelheit Konturen schälten, die auf einen Gang hindeuteten. Wände! Steinwände, die sich feucht anfühlten. Feucht und warm, nicht, wie üblich bei Gestein, kalt. *Ist das hier alles künstlich?*, kam es ihr plötzlich in den Sinn. Sie schüttelte den Kopf. *Wer sollte denn so etwas erbauen? Oder hatte es hier früher tatsächlich mal so etwas wie Leben gegeben...? Hier unten? In der Finsternis? Nein, das kann unmöglich sein. Hier hält man es ja höchstens ein paar Minuten aus.* Auch Nicole betrat nun den Boden. Es fühlte sich für Lauren gut an, in der Finsternis endlich nicht mehr allein sein zu müssen.
»Ich bin da«, sagte Nicole.
»Das habe ich bereits bemerkt.«
Lauren grinste schwach.
»Ein gutes Gefühl, nicht mehr alleine zu sein. Lass uns losgehen.«
»Ja. Wir sollten uns aber zunächst etwas an dem Licht orientieren.«
Sie zeigte auf die Luke. Lauren hielt plötzlich inne. *Was...?* Sie konnte ihren Augen zunächst nicht trauen und blinzelte mehrmals, doch das Bild änderte sich nicht.
»Horatio?«, rief Nicole.
Sie klang genauso überrascht, wie Lauren es war. Dort, am Rand der Klappe, stand doch tatsächlich Horatio. Die blutigen Stümpfe, die einst seine Beine gewesen waren, hinterließen eine dichte Blutspur auf dem Holzboden. Das, was als nächstes ge-

schah, passierte für beide jedoch so schnell, dass sie nichts mehr dagegen ausrichten konnten. Horatio grinste, wobei das Grinsen eher einem Teufel ähnelte als einem Menschen. Dann warf er die Falltür so laut zu, dass der Knall ohrenbetäubend laut in der Dunkelheit widerhallte.

Horatio bemerkte die Schmerzen, die jeden anderen Menschen bereits umgebracht hätten, gar nicht mehr. Er lachte auf. Er wusste, warum er noch am Leben war, obwohl er eigentlich schon längst hätte tot sein sollen: Er war besessen, ein Dämon hauste in seinem Körper. In dem Moment, in dem der Sprengsatz, der in der Nähe der Tür versteckt gewesen war, ihm seine Beine weggerissen und das Bewusstsein geraubt hatte, war er auf ihn übergesprungen - und verriet ihm nun, dass es nicht mehr lange dauern würde, bis das gesamte Lager von dem Grauen bevölkert sein würde. Seine Instinkte trieben ihn unweigerlich in Richtung des Raumes, in dem er kurz zuvor Lauren und Nicole eingesperrt hatte. Er wusste, dass es, sollte man erst einmal in dem Labyrinth die Orientierung verloren haben, keinen Ausweg mehr geben würde. *Sie werden alle sterben.* Dieser Gedanken befriedigte ihn auf eine ganz besondere Art und Weise, und Adrenalin schoss durch seinen Körper, während er unglaubliche Glücksgefühle verspürte. Es störte ihn auch nicht mehr, dass er nicht laufen konnte, denn sein Körper hatte sich bereits an das Kriechen gewöhnt. Dieser Ort war das Paradies und die Hölle zugleich - das Paradies für Menschen, die im Grunde keine mehr waren… die von einem Dämon besessen waren, der ihre Sinne steuerte… und die Hölle für diejenigen, die ernsthaft daran glaubten, noch einen Ausweg zu finden. Horatio lachte erneut auf, aber es klang krächzend und er bemerkte, wie ihm Blut aus dem Mund lief. *Der Saft des Lebens. Mmmmh.* Es fühlte sich herrlich an. Aus diesem Lager gab es keinen Ausweg, schließlich war es ein grauenvoller Ort. *Oder auch nicht.* Seine Gedanken drifteten in eine ferne Welt ab. In die Hölle, und er stellte sich vor, wie es dort wohl sein würde. *Das Paradies auf Erden ist die Hölle. Nur in ihr findet man seinen Seelenfrieden. Früher oder später zumindest.* Horatio sah sich genauer in dem Raum um. Er war ziemlich klein, wohl nur eine Art Abstellkammer. Und doch war hier die Quelle, hier war einer der Eingänge in das Labyrinth, das mitten in die Hölle führte. *Ich muss los*, dachte er und kroch auf die Öffnung zu. Er spürte genau, dass er an dem Ort, zu dem er sich so sehr hingezogen fühlte, schon erwartet wurde.

17   *Vor vier Tagen...*

Der LKW parkte genau hinter der neuen Lagerhalle. Roland stieg aus der Kabine aus und betrat den Container. Dort holte er die Regale heraus, die er zuvor eingeladen hatte.
»Mr. Sand?«
Brian, der Praktikant, der aktuell bei ihm arbeitete und die Aufgabe bekommen hatte, dem Besitzer des Lagers Bescheid zu geben, dass die Lieferung da war, kam nun wieder angelaufen.
»Kommen Sie schnell! Das müssen Sie sich ansehen.«
Roland verdrehte die Augen, ging Brian jedoch trotzdem hinterher.
»Was ist denn?«, fragte er.
»Das werden Sie gleich sehen!«
Aus dem Gesicht des Praktikanten war jegliche Farbe gewichen, und als er sich zu ihm umdrehte, dachte Roland kurz, er würde gleich kollabieren.
»Ist alles in Ordnung...?«
»Nein. Gar nichts ist in Ordnung.«
Er gab die Sicht auf den Anblick, der sich vor ihnen befand, frei. Roland wusste direkt, was Brian meinte. Von der Decke baumelten mehrere Leichen herab, und die Wände waren über und über mit Blut beschmiert.
»Wir müssen hier weg!«, sagte Brian panisch.
»Ja. Und zwar so schnell es geht. Komm mit.«
Sie hatten in ihrer Panik beide nicht bemerkt, dass die Tür, durch die sie hineingekommen waren, wieder ins Schloss gefallen war. Hektisch rüttelte Roland an der Klinke, die dicke Eisentür bewegte sich jedoch keinen einzigen Zentimeter.

»Verdammt!«, schrie er.
»Wir sind hier eingeschlossen!«
»Also ist der Mörder noch hier. Aber... ich habe gar nichts gehört«, murmelte Brian entsetzt.
»Es ist mir scheißegal wo der Mörder gerade ist«, schnauzte Roland ihn an.
»Ich möchte hier nur noch raus!«
»Ich doch auch. Wir sollten am besten die anderen Türen überprüfen.«
Roland bewunderte den jungen Mann insgeheim. *Wie kann er in so einer Situation nur so ruhig bleiben? Das ist doch unmöglich.* Brian ging nun quer durch die riesige Halle, und Roland folgte ihm, bis sie schließlich eine andere Tür erreicht hatten. Er rüttelte aufgeregt an der Klinke, stellte jedoch auch hier schnell fest, dass es keinen Ausweg gab, denn auch diese Tür war verschlossen. Frustriert ließ er davon ab und sagte:
»Schau mal!«
Brian blickte in die Richtung, in die Rolands Finger zeigte.
»Was zum Teufel...?«
Die Tür, die bis vor Kurzem noch fest verschlossen gewesen war, stand nun offen und gab einen Raum frei, der von der Aufmachung her einer Abstellkammer ähnelte. Roland lachte auf.
»Da will uns doch jemand verarschen. Das kann doch alles nicht sein!«
Brian kam zu demselben Schluss, denn es gab keine vernünftige und vor allem zufriedenstellende Erklärung für das, was sie gerade erlebt hatten. *Hier ist doch sonst keiner! Oder etwa doch?* Plötzlich war er sich seiner Sache gar nicht mehr so sicher, denn es *musste* schließlich jemand hier sein, sonst wäre das ganze ja gar nicht erst passiert. Er verspürte ein eigenartiges Kribbeln im

Bauch.

»Komm mit.«

Roland ging vor und Brian folgte ihm. Wenig später hatten sie den Raum erreicht. In selbigem lag der Gestank des Todes in der Luft, und als Brian seinen Blick hob, sah er erneut die Leichen, die von der Decke herabbaumelten. Sie schienen offenbar einen grässlichen Tod gestorben zu sein, denn einer Leiche fehlten mehrere Finger, einer anderen waren beide Augäpfel ausgestochen worden. Eine grausame Szenerie bot sich ihnen hier. *Es kommt mir so vor, als ob ich gerade in irgendeinem Horrorfilm... Nein, denk nicht mal an so etwas.* Er bekam erneut eine Gänsehaut. *Der Raum ist offen, also ist doch alles gut.* Doch so sehr er sich auch anstrengte, er glaubte das, was er sich einzureden versuchte, selbst nicht. *Das wäre definitiv zu einfach. Es muss ja nicht mal zwangsläufig ein Ausgang sein...* Der Mörder musste sie beobachtet haben und versuchte nun, sie in eine Falle zu locken.

»Mr. Sand?«

Roland drehte sich zu Brian um.

»Wir sollten nicht in diesen Raum gehen. Ich glaube, das ist eine Falle.«

»Aber wohin sollen wir denn sonst? Und wie kommst du darauf, dass dies eine Falle sein könnte?«

»Na ja«, begann Brian, wurde jedoch sofort barsch unterbrochen.

»Siehst du? Du weißt es auch nicht. Es ist schließlich unser einziger Ausweg.«

»Okay, Sie haben ja recht«, entgegnete er, obwohl ihm ganz und gar nicht wohl bei der Sache war.

Denn je näher sie dem Raum kamen, desto nervöser wurde er,

und desto schneller wurde auch sein Herzschlag. Sein Puls beschleunigte sich ebenfalls, außerdem brach ihm der Schweiß aus. Wenig später hatten sie ihr Ziel erreicht. Sofort stach Brian etwas ins Auge. Dort in dem Raum befand sich doch tatsächlich eine offene Falltür! Erneut begann sein gesamter Körper zu kribbeln. Auf dem Boden vor dem dunklen Viereck sah er rote Tropfen. Eine Blutspur! Sie führte direkt in die unbehagliche Finsternis hinein, die durch keinen einzigen Lichtstrahl erhellt wurde.
»Scheiße, wo sind wir hier denn bloß gelandet?«, fragte Roland stöhnend.
»Wenn ich das nur wüsste. Wir sind auf jeden Fall nicht alleine, *das* weiß ich mit Sicherheit.«
Roland murmelte irgendetwas vor sich hin und stieg dann die Treppenstufen hinab in die Dunkelheit. Es fiel ihm schwer, das Gleichgewicht zu halten, und als er endlich wieder festen Boden unter sich spürte, atmete er erleichtert auf. Brian folgte ihm, ohne ein weiteres Wort über ihre Situation zu verlieren. Als er jedoch ebenfalls unten war, sagte er:
»Das hat doch alles keinen Sinn. Wir werden uns nicht lange hier unten zurechtfinden können...«
»Sei still!«, zischte Roland.
In der Dunkelheit sah Brian schemenhaft, dass Roland auf die Wände deutete.
»Hörst du das auch?«
Ein Keuchen war zu vernehmen, es schien von den Wänden durch den unterirdischen Gang zu hallen.
»Scheiße, ja. Was ist das?«
»Ich weiß es nicht. Aber es klingt nicht gerade freundlich.«
Brian lachte auf.

»Freundlich? Was ist hier schon freundlich, verdammt? Sieben aufgeknüpfte Leichen sind bestimmt nicht freundlich. Und wenn wir nicht so enden wollen, wie sie, sollten wir zusehen, dass wir von hier wegkommen.«
Roland nickte stumm.
»Okay, du hast ja recht, gehen wir.«
Sie wagten sich weiter in die Dunkelheit hinein, das Keuchen begleitete sie, es war das einzige Geräusch in dem unterirdischen Komplex. Ansonsten war es vollkommen still, eine ganz und gar unheimliche Stille. Plötzlich bemerkte Brian einen Schatten, düsterer als die Dunkelheit, die vor ihnen lag. Ihm rutschte sein Herz augenblicklich in die Hose, und er bekam einen weiteren Schweißausbruch. *Bleib ruhig*, dachte er. Das war jedoch nicht einfach, denn seine Hände waren nass vor Schweiß, sein Magen verkrampfte sich mehr und mehr und seine Knie zitterten.
»Haben Sie das gesehen?«
»Was denn?«
»Den Schatten.«
»Einen Schatten?«
Roland lachte auf.
»Wie willst du hier denn einen *Schatten* erkennen?«
»War wohl doch nur Einbildung.«
Er zuckte mit den Schultern in dem Wissen, dass Roland es nicht sehen konnte in der Dunkelheit.
»Hier unten kannst du gar keine Schatten sehen. Hier ist es ja dunkler als in einem Bärenarsch.«
Dunkler als in einem Bärenarsch. Brian überlegte. So vulgär dieser Ausdruck auch war, er passte perfekt zu der Situation, in der sie sich gerade befanden. Orientierung war nur mithilfe der

Wände möglich, die sich zu beiden Seiten befanden, und selbst dann war es unglaublich schwer. Der Boden war komplett glatt, keinerlei Steine oder sonstige Stolperfallen lagen dort, was für Brian nur einen Schluss zuließ: *Das alles kann einfach nicht echt sein. Das ist garantiert künstlich angelegt. Nur wer hat das Ganze gebaut? Wer kommt auf die Idee so etwas zu errichten?* Seine Gedanken drifteten nun mehr und mehr in eine andere Richtung ab. Er schüttelte den Kopf und zwang sich, sich darauf zu konzentrieren, einen Ausweg zu finden. *Das ist im Moment das Wichtigste. Über alles andere kannst du dir auch später noch den Kopf zerbrechen.* So sehr Brian auch versuchte, Rolands Worten Glauben zu schenken, so wusste er doch genau, dass er einen Schatten gesehen hatte. *Das war definitiv keine Einbildung.* Er bekam bei diesem Gedanken erneut eine Gänsehaut am ganzen Körper, und es fühlte sich an, als würde ein Käfer an seinen Eingeweiden entlang kriechen und ihn von innen heraus verschlingen. Es war ein absolut beschissenes Gefühl, in der Dunkelheit gefangen zu sein. *Dazu noch diese unheimlichen Geräusche...* Das Labyrinth ging immer weiter, mal führte sie der Gang nach links oder rechts, einige Male ging es plötzlich bergauf.

»Wie lang soll das denn hier noch gehen?«, fragte Roland mehr sich selbst als Brian.

»Wenn ich das wüsste, dann könnte ich uns auch hier rausführen.«

»Spar dir deine blöden Antworten. Die helfen uns kein Stück weiter«, knurrte Roland.

»Tschuldigung.«

Das Keuchen wurde plötzlich lauter, und Brian drehte sich erschrocken um, als er einen Luftzug im Nacken spürte.

»Scheiße!«
»Was ist?«
»Ich könnte schwören, dass hier noch jemand außer uns ist. Und zwar direkt hinter mir.«
Roland drehte sich theatralisch um.
»Also ich *sehe* nichts.«
Er lachte.
»Sehr witzig. Ich auch nicht, aber ich *spüre* es.«
»Hör endlich auf. Hier ist *niemand*!«
Brian hatte keine Lust mehr, weiter mit Roland zu diskutieren, denn er sah ein, dass es einfach keinen Sinn hatte. *Das führt doch zu nichts.* Er war sich jedoch weiterhin sicher, die Anwesenheit von irgendjemandem oder irgendetwas zu spüren. *Scheiße, mich würde es nicht einmal wundern, wenn es gar kein Mensch ist.* Er hatte genug Bücher gelesen und Filme gesehen, bei denen so etwas vorgekommen war, doch auch wenn das immer nur reine Fiktion gewesen war, dachte er jetzt plötzlich, dass vielleicht doch ein Funken Wahrheit dabei gewesen sein musste. *Auch wenn dieser Funken noch so klein ist, er ist da, er existiert. Er lebt!* Erneut drifteten seine Gedanken in eine ganz andere Richtung ab, er konnte nichts dafür, sie kamen einfach und schlichen sich in sein Gehirn. *Unheimlich. Aber was ist hier schon normal, verdammt.* Nichts war normal, das war schon an der Tatsache zu sehen, dass irgendjemand diesen unterirdischen Gang, oder besser gesagt dieses unterirdische Labyrinth, überhaupt gebaut hatte. *Die Natur kann so etwas nicht erschaffen haben.* Aber das brachte ihn jetzt auch nicht weiter, er musste sich auf den Weg konzentrieren und versuchen, mit Roland Schritt zu halten. Er leitete sie durch die Dunkelheit, Brian glaubte fast, dass sein Kollege trotz der durchdringenden

Schwärze sehen konnte. Die Luft stand, und jeder Meter, den sie sich weiterbewegten, wurde es heißer. Es war kaum noch auszuhalten.

»Was ist denn hier nur los?«, murmelte Roland.

»Warum ist es so verdammt heiß?«

Brian wischte sich den Schweiß von der Stirn, er konnte beinahe hören, wie die Tropfen auf dem Boden aufkamen. *Das war jedoch pure Einbildung, im Vergleich zu dem Schatten, den er wirklich gesehen hatte, dessen war er sich todsicher. Darauf schwöre ich Stein und Bein.*

»Wir sollten langsam mal daran denken, umzukehren.«

Roland drehte sich zu ihm um.

»Ich glaube mittlerweile auch nicht mehr daran, dass wir einen Ausgang finden werden. Aber ich möchte jetzt wissen, was es mit dieser Hitze auf sich hat.«

Brian hatte es bisher gar nicht gemerkt, aber es schien mit einem Mal heller zu werden. Er konnte plötzlich Rolands Gesicht erkennen, und sah, dass auch ihm der Schweiß auf der Stirn stand. *Eine wirklich unerträgliche Hitze. Vielleicht ein Feuer?* Dieser Gedanke erschien Brian logisch, doch er wagte es trotzdem nicht, ihn laut auszusprechen. *Wenn hier unten irgendwo ein Feuer wäre, dann wäre es doch auch viel, viel heller in den Gängen.* Er beruhigte sich langsam wieder. Die Wärme schien aus irgendwelchen Löchern zu strömen, und wieder spürte Brian die Anwesenheit einer dritten Person, spürte ganz deutlich, dass sie hier nicht alleine waren. *Was ist nur mit mir los? Drehe ich in diesem Loch jetzt vollkommen durch?* Es kam nun eine Abzweigung, die zweite, der Unterschied bei dieser war allerdings, dass es hier nicht bloß nach links und rechts ging, sondern auch geradeaus. Von dort aus schien auch die Hitze zu

kommen, weshalb Roland instinktiv diesen Weg wählte. Brian folgte ihm, auch er war neugierig, was es damit auf sich hatte, denn ihm fiel einfach keine logische Erklärung dafür ein, egal, wie sehr er auch darüber nachdachte. Seine Füße begannen langsam zu brennen, denn die Hitze drang sogar durch die dicken Sohlen seiner Schuhe, außerdem schien der Boden förmlich zu glühen. Einer Eingebung folgend hob er seine Hände und tastete nun auch die Decke ab, die sich direkt über ihren Köpfen befand. Sie war zwar warm, aber nicht heiß. Man konnte sie anfassen, ohne sich dabei zu verbrennen. Dann bückte er sich und berührte den Boden, zog seine Hand jedoch schon nach wenigen Sekunden wieder zurück. Es fühlte sich an, als hätte er auf ein heißes Backblech gefasst.
»Unter uns«, murmelte er.
Roland drehte sich um.
»Was ist?«
»Die Hitze kommt eindeutig von unten. Fassen Sie doch mal die Decke und den Boden an und vergleichen Sie. Wobei ich Ihnen empfehlen würde, den Boden nicht wirklich zu berühren. Das ist ziemlich schmerzhaft.«
Roland runzelte die Stirn, berührte aber dennoch die Decke und hielt danach die Hand knapp über den heißen Boden.
»Du hast recht! Die Hitze kommt ganz klar von unten. Nur... was soll da unten sein?«
Er wirkte angespannt.
»Das werden wir bestimmt bald herausfinden.«
Brian war jetzt total aufgeregt. Was würden sie wohl zu sehen bekommen? Würden sie vielleicht ein Volk entdecken, das ihr Leben komplett unterirdisch führte? Er wollte eigentlich gar nicht weiter nachdenken, denn es waren ja sowieso nur Speku-

lationen. Sie mussten sich wohl oder übel noch ein bisschen gedulden. Brian hatte jedoch das Gefühl, dass es nicht mehr lange dauern würde und es nur noch wenige Schritte waren, bis sie das Geheimnis aufdecken würden. Außerdem fiel ihm nun auf, dass auch das Licht vom Boden aus schien. Es sah aus, als wären unter dem Holzboden mehrere Lichterketten verlegt, deren Aufgabe es war, die Umgebung zu beleuchten. Doch Brian wusste es besser, ihm war klar, dass dem nicht so war. *Lichterketten erzeugen schließlich nicht so eine heftige Wärme.* Es fühlte sich an, als würden sie einen Backofen erkunden. Sie drangen jetzt immer weiter ins Innere vor, bis sie schließlich irgendwann unweigerlich die Quelle erreichen würden. Und dieses *irgendwann* war nicht mehr weit entfernt, im Gegenteil, es fühlte sich verdammt nah an. Mittlerweile waren die unterirdischen Gänge so hell, dass Brian problemlos Roland, die Wände neben sich und auch den Boden unter sich erkennen konnte. Es kam ihm so vor, als würde Tageslicht durch irgendein nicht existierendes Fenster fallen. Der Gang jedoch schien einfach kein Ende nehmen zu wollen, er führte schon seit einer gefühlten Ewigkeit immer geradeaus. Brian hob jetzt seinen Blick, und konnte auf einmal ganz klar ein Ende erkennen. Der Weg mündete erneut in kompletter Schwärze.
»Dort hinten geht es nicht weiter«, sagte er nun.
Roland nickte.
»Aber irgendwas scheint da trotzdem zu sein.«
»Ja, das glaube ich auch.«
Mit jedem Schritt wurde er noch nervöser, denn er wusste instinktiv, dass diese Schwärze etwas mit dem zu tun hatte, weshalb sie nicht schon längst wieder umgedreht waren. Nur wenige Augenblicke später hatten sie das Ende erreicht, und Roland

drehte sich zu ihm um und murmelte:
»Das ist eine Tür.«
Er gab Brian die Sicht auf das, was vor ihnen lag, frei – und dieser sah ein, dass sein Vorgesetzter recht hatte. Vor ihnen befand sich eine schwarze Eisentür. Sie hatte eine altmodische Klinke. Brian wischte sich seine schweißigen Hände an der Hose ab, griff nach der Klinke und drückte sie langsam hinunter. Die Tür schwang auf, und als Brian sah, was sich vor ihnen befand, wusste er unwillkürlich, dass er soeben das Tor zur Hölle geöffnet hatte.

18

Ruhig schlich er durch die engen Gänge, sein Verstand, oder besser gesagt das Wesen, das dort lauerte, steuerte ihn. Caleb Franklin spürte die Macht und das Verlangen des Wesens, welches nun auch sein Verlangen war. Er wollte töten. Der Weg, den er gerade ging, kam ihm nicht bekannt vor, es war nicht der Weg, von dem er gekommen war, es war komplettes Neuland für ihn, und mit jedem Meter schien die Temperatur noch um ein paar Grad zu steigen. Doch Caleb wusste trotzdem, dass er hier richtig war, obwohl es ihm so fremd erschien. *Es ist alles okay. Du bist hier genau richtig*, flüsterte ihm eine Stimme aus seinem Inneren zu, und er vertraute den Worten bedingungslos. Seine Schuhe glitten über den Holzboden unter ihm, aber nahm das Geräusch, was sie dabei erzeugten, kaum wahr, denn er fühlte sich seltsam und wie in Trance. Die Haare an seinen Armen begannen, von der beinahe unerträglichen Hitze schon bald zu versengen, doch diese Wärme tat seiner Seele gut, denn sie befriedigte ihn auf eine gewisse Art und Weise. Schon wenig später hatte er das Ende des Ganges erreicht, wo ihm nun allerdings eine Eisentür im Weg stand. *Hier bin ich richtig*, schoss es ihm unwillkürlich durch den Kopf. Ja, hier war er richtig, ganz bestimmt. Seine Hand ging zu der Klinke, er öffnete die Tür, und betrat den Vorraum der Hölle. Es war unglaublich heiß. Seine Augen zeigten ihm nun ein grausames Bild, das bei weitem jede Vorstellung sprengte, die er von der Hölle bisher gehabt hatte. Doch was sollte er sagen? Er wusste, dass dies sein Ort war, und er freute sich auf diese Zeit. Es war tierisch heiß, es fühlte sich so an, als würde sein Körper in Flammen aufgehen. Caleb sah einige Kreaturen, die so aussahen wie er, Dämonen und Gestalten der Finsternis, die sich an diesem Ort wohlfühlten. Er bemerkte gar nicht, wie sich seine Seele immer wieter auflöste, denn es war ein normales Gefühl - zumindest empfand sein Verstand es als normal. Er gab sich jetzt voll und ganz diesem Ort hin, und es fühlte sich gut an. Es war seine Bestimmung, hier zu sterben.

19

Horatio Rodríguez spürte die Schmerzen nicht, er hatte sie nie gespürt. Es war ein komisches Gefühl, mit den blutigen Stümpfen, die nun anstelle seiner Beine da waren, über den Boden zu gleiten, doch er gewöhnte sich schon nach wenigen Metern daran. Hier unten, unter der Falltür, war es dunkel, allerdings nicht ganz so finster, wie es schon in wenigen Minuten auch im oberen Teil der Lagerhalle sein würde. *Und wenn die Lichter erst einmal aus sind*, dachte er, *dann geht dort auch die Hölle los.* Aber er wusste, dass er nicht dort oben bleiben konnte, denn es zog ihn nach unten, zu der Quelle des Grauens: Zur Hölle. Sie existierte tatsächlich, hier unten, direkt in seiner Nähe. Die Luft, die er einatmete, fühlte sich anders an, fast, als wäre sie statisch aufgeladen. *Sie ist genau wie ich in freudiger Erwartung.* Horatio zog eine lange Blutspur hinter sich her, doch es störte ihn nicht, da er es gar nicht bemerkte. Die Wärme hatte ihn bald komplett umhüllt, er folgte seinen Instinkten, die ihn in Richtung der steigenden Temperatur lenkten. Tief in seinem Inneren spürte er bereits die Anwesenheit weiterer Wesen, sie erwarteten ihn schon sehnsüchtig. *Vorbei am Wasser.* Unter ihm lag der Tümpel. Dieser Ort verströmte einen sonderbaren Geruch: Eine Mischung aus Angst, Blut und Verwesung. Die Quelle davon war eindeutig ein kleiner Nebengang, es war eine Abkürzung zu der Hölle, auch wenn dieser nur schwer passierbar war. Er runzelte die Stirn. Der Geruch war hier besonders extrem. *War schon vor mir jemand hier gewesen? Oder...* Es konnte auch schon länger her sein, denn sein Geruchssinn war mittlerweile so fein, dass er jeden Geruch wahrnehmen konnte. Selbst solche, deren Entstehung schon eine ganze Zeit her waren und die hier eigentlich gar nicht mehr existierten. *Blut. Verwesung. Angst.* Die Duftspur führte ihn tiefer in den Schacht hinein; Horatio zwängte seinen massigen Körper durch die Öffnung. Es fiel ihm schwer, zu atmen, doch als er sich erst einmal an seine Situation gewöhnt hatte, funktionierte auch das Luftholen wieder. Er war plötzlich froh, seine Beine nicht mehr als Last mitschleppen zu müssen, denn sie hätten ihn im Moment eher daran gehindert, voranzukommen. Seine Hände hingegen halfen ihm sehr dabei, sich zu orientieren. *Weiter. Immer weiter. Nur nicht aufgeben!* Gerade, als er dachte, dass der Schacht immer enger werden würde, erreichte er den Ausgang. *Endlich.* Horatio wischte sich den Schweiß von der Stirn. Seine Instinkte sendeten ihm eine Meldung, die besagte, dass er sein Ziel bald erreicht haben würde. Er kroch nun durch den wesentlich breiteren Gang, und es wurde mit jeder vergehenden Sekunde immer wärmer. Er konnte nun wieder seinen Kopf heben, da die Decke in unerreichbarer Ferne lag. *Sehr gut.* Er leckte sich genüsslich über seine Finger, denn an ihnen klebte das Blut, welches den extremen Geruch in dem Gang verströmt hatte. *Herrlich.* Sein gesamter Körper erfreute sich an dem metallenen Geschmack des Blutes. Die letzten Meter waren ein Kraftakt, doch schließlich hatte er die Eisentür erreicht. *Hier ist es. Ich bin da!* Seine blutverschmierte Hand ging zu der Klinke, und er spürte die Hitze, die ihn jetzt von allen Seiten umgab. Seine Haut schien förmlich zu glühen, und sein ganzer Körper war angespannt. *Jetzt ist es endlich soweit!* Horatio Rodríguez drückte die Klinke hinunter, betrat den Raum und schloss die Eisentür wieder sorgfältig hinter sich. Dann verschwand er in der Hölle.

20

Die Dimension, die sich nun vor ihnen erstreckte, war eine ganz neue, eine unbekannte. Es war noch viel wärmer, als Brian es vor der Eisentür empfunden hatte, die Hitze war kaum noch auszuhalten. Er wischte sich den Schweißfilm, der sich auf seiner Stirn gebildet hatte, ab. Es fühlte sich an, als verfüge er über einen körpereigenen Wasserfall.
»Wir müssen hier weg«, meinte Roland.
Er tippte Brian auf die Schulter, da dieser im ersten Moment nicht reagierte. Er war zu beeindruckt von der Szenerie, die sich ihnen bot.
»Wow«, staunte er nur.
»So etwas habe ich selbst in meinen schlimmsten Albträumen noch nicht gesehen.«
Es sprengte alle Grenzen seiner Vorstellungskraft. In dem Raum herrschte schummriges Licht, die Wärmequelle waren eindeutig die Flammen, die sich überall in dem Zimmer erstreckten. Brian sah einige Gestalten, es handelte sich um Wesen, die die Finsternis liebten und sich an diesem Ort wohlfühlten. Er war viel zu sehr von dem Schauspiel gebannt, als dass er Rolands Worte wahrnahm. *Kein Wunder*, dachte er. *So etwas sollte man im Leben eigentlich gar nicht gesehen haben. Niemand sollte das.* Die Hitze versengte die Haare an seinen Armen, und er spürte, wie er mehr und mehr verglühte, und wie sich sein Körper mehr und mehr diesem Ort hingab. Tief in seinem Inneren regte sich ein Gefühl, das ihm sagen wollte, dass es das Richtige war, doch er wusste es natürlich besser. *Ich kann hier nicht bleiben... Oder vielleicht doch?* Nach einigen Überle-

gungen war er sich plötzlich gar nicht mehr so sicher.
»Brian!«
Rolands Stimme riss ihn aus seinen Gedanken.
»Komm, oder ich lasse dich zurück. Ich gehe jetzt.«
Aber Brian wollte noch nicht gehen, er wollte viel lieber hierbleiben - vielleicht sogar für immer.
»Gehen Sie«, sagte er daher.
»Brian. Du musst mit mir kommen.«
»Ich muss gar nichts. Gehen Sie einfach.«
Roland schüttelte verbittert den Kopf, wandte sich ab und machte sich schließlich allein auf den Weg. Brian hörte das Geräusch der sich entfernenden Schritte auf dem Holzboden, wollte jedoch nichts, was gerade vor ihm passierte, verpassen, weshalb er Roland keines einzigen Blickes mehr würdigte. Er versuchte, sich die Gestalten genauestens einzuprägen. Sie hatten schwarze Haare, und auch ihre Haut war schwarz. Die Konsistenz erinnerte Brian an Kohle. Die Zähne hingegen waren weiß und scharf, und der Ausdruck in ihren Augen einfach grauenhaft. Eine der Kreaturen ging jetzt in seine Richtung, genau auf ihn zu, doch er konnte sich von ihrem Anblick einfach nicht lösen, er wollte es auch gar nicht. Plötzlich spürte er einen unbeschreiblichen Schmerz, der von seinem Nacken ausging. Ruckartig griff er sich dorthin, zuckte zusammen und blickte dann auf seine Hand. Sie war voller Blut, es lief ihm den Rücken hinunter, aber das Gefühl war seltsamerweise eine Wohltat, denn es ließ ihn die Realität vollkommen vergessen und ihn in einer fremden Welt schweben. Auf einmal passierte jedoch etwas Unerwartetes und Unangenehmes zugleich. Das Wesen, welches ihn nun erreicht hatte, öffnete seinen Mund und zeigte ihm seine Zähne. Fauliger Atem schlug ihm entgegen, und er verspürte ei-

nen enormen Würgereiz. Als die Gestalt ihr Gesicht immer näher auf seinen Hals zubewegte, schrie er erschrocken auf. Nun kam ihm dieser Ort auf einmal gar nicht mehr so schön vor, er war wieder zu der Hölle geworden, die er versprach, zu sein. Brian holte weit aus und rammte der Kreatur seinen Ellenbogen mitten ins Gesicht. Er hörte, wie ihre Nase brach, nutzte den Moment und rannte aus der offenen Tür hinaus, bemerkte aber, dass einige der Wesen ihm folgten. Es waren zu viele, als dass er einen Kampf mit ihnen hätte aufnehmen können. Er wollte jetzt nur noch raus aus dieser unterirdischen Hölle, deshalb lief er so schnell er konnte. Der Schmerz in seinem Nacken jedoch bremste ihn. Er war immer noch unbeschreiblich und breitete sich wie ein Inferno in seinem gesamten Körper aus. *Es ist, als ob sich irgendetwas unter meiner Haut befindet*, dachte er. *Irgendetwas Lebendiges*. Er schauderte, doch dieses namenlose Etwas breitete sich immer weiter in ihm aus. *Wie ein Parasit*. Der Gedanke erschreckte ihn zutiefst. *Was ist, wenn ich jetzt so werde wie sie? Wenn ich mich auch verändere...* Er spürte bereits den ersten Teil seiner *Verwandlung*, und schrie auf, als der Schmerz noch intensiver wurde. Nun war es kaum noch auszuhalten. Seine Finger wurden genauso wie die Haut seines Gesichts immer dunkler, bis der tiefste Grad der Dunkelheit erreicht war. Er fühlte sich mächtig, ja fast unsterblich. Brian lachte laut auf. Seine Instinkte lenkten ihn jedoch nicht in die Hölle zurück, sondern ganz im Gegenteil: Sie trieben ihn in die Richtung voran, die Roland vor wenigen Minuten gewählt hatte. Der Duft des Parfüms seines Vorgesetzten hing noch in der Luft, und es fiel Brian nicht schwer, dieser deutlichen Spur zu folgen. Außerdem lag ein weiterer Geruch in der Luft, ein Geruch, an dem er sich sehr erfreute: Angst! Seine Nase war so fein geworden, dass er diesen Duft sogar über mehrere Meilen hinweg wahrnehmen konnte. *Das ist Roland*, dachte er. *Roland Sand in den letzten Minuten seines erbärmlichen Lebens.* Brian verspürte eine unglaubliche Vorfreude auf den Moment, in dem er den Mann töten würde. Ein unbekanntes Gefühl breitete sich jetzt in seinem Körper aus, es fühlte sich an wie ungebändigtes Verlangen. Der unbedingte Wunsch, zu töten, füllte ihn voll und ganz aus und beflügelte ihn nahezu. Lautlos glitt er über den Holzboden und folgte der Spur, die Roland ihm gelegt hatte. *Immer näher. Ich komme ihm immer näher.* Bald jedoch hörte der Geruch plötzlich vollständig auf... es passierte vom einen auf den anderen Moment. *Was?* Roland konnte sich schließlich unmöglich in Luft aufgelöst haben. Instinktiv tastete Brian die Wände und den Boden ab, zu guter Letzt sogar die Decke, doch da war nichts. Er versuchte es erneut, dieses Mal gründlicher, und wurde daraufhin endlich fündig. In der Wand, die links von ihm lag, gab es eine Öffnung. Sie war gerade groß genug, um einen weiteren Gang zu bilden, allerdings nur, wenn man auf allen Vieren kroch. Und wenn er sich konzentrierte, dann war es eindeutig: der Geruch der Angst, dieser grauenvolle und gleichzeitig wunderschöne Geruch kam von dort. Er grinste. *Gleich habe ich dich. Du brauchst dich gar nicht erst zu verstecken.* Während Brian sich bückte und sich durch die enge Öffnung zwang, spürte er die Anwesenheit der Wesen um ihn herum. Sie waren wirklich überall. Zu der Angst mischte sich nun auch noch das Aroma von Blut, ein weiteres Element, welches sein Herz höherschlagen ließ. Der Schacht jedoch wurde gefühlt immer enger, und es war eine Qual, sich durch ihn hindurch quetschen zu müssen. Schon bald nahm diese Enge Brian die Luft zum Atmen. Er keuchte rasselnd und merkte, wie schrecklich sich dieses Geräusch anhörte. Der herrliche Geruch, die Mischung aus Angst und Blut, wurde nun immer intensiver. Nur wenige Augenblicke später spürte er, wie seine Hand in etwas Nassem landete, in einer Pfütze. Er leckte sich die Finger ab, und schmeckte klar den metallenen Geschmack von Blut, dem Lebenssaft. *Ist hier die Quelle des Geruchs?* Wenn dem so war, dann musste es bedeuten, dass Roland nicht mehr weit entfernt sein konnte. Er verharrte ein paar Sekunden an der Stelle, aber als er sich wieder fortbewegen wollte, hörte er plötzlich ein Stöhnen.

»Brian? Bist du das?«

Rolands Stimme zitterte.

»Brian?«, rief er erneut, dieses Mal lauter, nachdem Brian auf den ersten Ruf nicht reagiert hatte.

Roland hustete und keuchte gequält. Er schien verletzt zu sein.

»Hilf mir, bitte. Ich wurde angegriffen.«

Brians Gestalt näherte sich der Stimme, bis er sie schließlich erreicht hatte. Roland Sand kauerte in der äußersten Ecke, und selbst in der Finsternis sah Brian, dass sein Gesicht komplett blutüberströmt war. Hinter ihm ging es nicht weiter, er war in eine Art Sackgasse geflüchtet, an deren Ende es in eine bodenlose Tiefe zu gehen schien.

»Ich bin verletzt. Bist du okay? Sag doch etwas!«

Brian lachte teuflisch auf.

»Mir könnte es kaum besser gehen.«

Er bemerkte, wie Roland bei dem tiefen Klang seiner Stimme zusammenzuckte.

»Bleib weg von mir.«

Seine Versuche, Brian fernzuhalten, schlugen jedoch fehl. Der Dämon, der von Brians Körper Besitz ergriffen hatte, weidete sich sichtlich an Rolands Angst. Brian fletschte seine Zähne. Roland versuchte zwar, noch etwas zurückzuweichen, doch viel weiter konnte er nicht zurück, denn sonst würde er über die Kante stürzen. Es gab für ihn keine Möglichkeit, zu entkommen. Er drehte sich kurz um, und Brian nutzte diesen Moment, um sich auf ihn zu stürzen. Er grub seine Zähne tief in das wieche Fleisch. Roland schrie gequält auf und trat wild um sich. Als Brian nach ein paar Minuten mit ihm fertig war, warf er den leblosen Körper den Abgrund hinunter. Er kam mit einem lauten Platschen im Brackwasser auf und ging dann langsam unter. Brian schaute noch einen Augenblick gebannt in die Dunkelheit, bevor er entschied, sich wieder auf den Weg zu machen. Er hatte seine Aufgabe nun erledigt, er hatte dafür gesorgt, dass niemand dieses unterirdische Labyrinth lebendig verließ. Wobei er aber genau wusste, dass Roland wieder aufwachen würde. Die Wesen hätten ihn mit einem Biss in den Hals töten können, er hatte Roland jedoch mit dem Biss in den Nacken nur vorübergehend still gestellt und hatte den Dämon an ihn übertragen. Schon bald würde auch Roland in die Hölle kommen, und danach ewig an dem Ort verweilen, an dem er gestorben war: In dem Tümpel. Brian selbst hingegen würde sein neues Leben hinter der Tür aufbauen, in dem Raum, der auch als Hölle bekannt war. *Und wenn sich jemals wieder jemand in diese Gänge verirrt, geht der Spaß von vorne los.*

21

Dennis zappelte und trat wild um sich, doch es gelang ihm einfach nicht, sich aus den Fängen der Gestalt zu befreien. Fauliger Atem schlug ihm in einem Schwall entgegen, als die Kreatur das Maul öffnete und ihre Zähne fletschte. Michael, Reinhart und Joan versuchten alles, doch sie konnten die Kreatur nicht von ihm wegziehen. Kurz darauf senkte sie ihren Kopf und biss in Dennis' Hals. Ein letzter, gurgelnder Schrei löste sich aus seiner Kehle, bevor das Blut in seinem Mundraum ihm die Luft zum Atmen und Sprechen nahm. Ein Ausdruck von tiefem Schock stand in seinen Augen, als er starb.
»Wir müssen hier weg!«, schrie Michael.
Mittlerweile hatte sich nicht nur eine Kreatur um Dennis leblosen Körper versammelt, nein, es waren viele. Zu viele, als dass man einen Kampf mit ihnen aufnehmen konnte.
»Scheiße«, flüsterte Joan entsetzt.
Ihrer Stimme war klar anzuhören, dass ihr Tränen in den Augen standen.
»Er hat sowas nicht verdient! Scheiße, niemand hat so etwas verdient.«
Reinhart nickte.
»Du hast recht. Wir müssen ihn jetzt allerdings schnell vergessen, so hart das auch klingt. Denn wir müssen uns unbedingt darauf konzentrieren, einen Ausweg aus dieser Hölle zu finden, damit wir wenigstens uns retten können.«
Sie schluchzte leise auf, nickte dann aber ebenfalls. Die Fackel hatten sie bereits entsorgen müssen, denn die Bodendiele war komplett heruntergebrannt gewesen und hatte deshalb nichts

mehr getaugt. Reinhart hatte sich jedoch den Weg ganz genau eingeprägt, und er wusste, dass er ihn auch in der Dunkelheit wiederfinden würde. Das unheimliche Keuchen stammte von diesen Kreaturen... von diesem namenlosen Grauen. Reinhart schätzte, dass auch sie vorher normale Menschen gewesen waren, bevor dieses *Etwas,* dieser Parasit, Dämonen aus ihnen gemacht hatte. *Scheiße, das fühlt sich hier echt an wie in der Hölle.* Die Wärme passte ebenfalls dazu, wobei die Temperatur mittlerweile mit jedem Schritt angenehmer zu werden schien. *Wir bewegen uns offenbar von der Quelle des Grauens weg,* dachte Reinhart. Der Gedanke, dass die Kreaturen direkt aus der Hölle zu stammen schienen, kam ihm durchweg logisch vor. *Und wenn das hier keine Hölle ist...* Er schüttelte den Kopf, denn er wollte seine Gedanken unbedingt wieder auf das *Jetzt* lenken. *Das ist schließlich das Einzige, was zählt.* Plötzlich war ein Geräusch zu hören. Ein Piepen, das klang, als wenn irgendein Countdown ablaufen würde.

»Was ist denn das für ein Geräusch?«

»Die Zeit«, murmelte Joan.

»Ich denke, die Zeit ist abgelaufen.«

»Welche Zeit?«, fragte Reinhart verwirrt.

»Haben wir dir das noch gar nicht erzählt? Oben, wo wir aufgewacht sind, haben wir einen Timer entdeckt. Er war so eingestellt, dass er genau um Mitternacht ablaufen würde. Tja, ich schätze mal, dass es jetzt soweit ist. Was immer auch nach Ablauf der Zeit passieren mag.«

»Ich vermute, es hat etwas mit der Halle zu tun. Frag mich bloß nicht, was genau, aber ich denke, dass nun auch dort oben das Grauen herrscht«, meinte Michael.

»Wie kommst du darauf?«

»Nun ja, es gibt doch keine andere Möglichkeit. Oder hast du eine andere Idee?«
Joan überlegte kurz und sagte dann:
»Nein, habe ich nicht, aber das ist auch nicht so wichtig, denn wir sollten einfach nur zusehen, dass wir schnell aus diesem Höllenloch hier herauskommen.«
Sie sagten zwar nichts mehr, aber die Anspannung war deutlich zu spüren. Niemand wollte etwas Falsches sagen, sie versuchten jetzt vielmehr, zu lauschen und so Geräusche aus der Finsternis herauszufiltern. Da war immer noch dieses Keuchen, obwohl sie sich mit jedem Schritt von der scheinbaren Quelle entfernten.
»Weißt du noch, wo es langgeht?«, fragte Joan etwas später.
In ihrer Stimme schwang Panik mit.
»Ja, keine Sorge. Es dürfte nicht mehr lange dauern, bis wir den Aufgang erreicht haben. Sofern ich mich nicht irre.«
Reinhart verfluchte sich sofort für diese Antwort, denn sie würde bestimmt nicht dazu beitragen, Joan von ihrer Panik zu befreien. Die Unsicherheit, die in seiner Stimme unweigerlich mitschwang, würde diese eher sogar noch vergrößern.
»Es ist alles in Ordnung«, beruhigte Reinhart sie hastig.
Er sagte das, obwohl er wusste, dass es definitiv nicht so war. Sie hatten schließlich gerade in kürzester Zeit zwei Menschen verloren, und das auf grausame Art und Weise. Auf eine Art und Weise, auf die Reinhart bestimmt nicht sterben wollte - wie sollte da bitte alles in Ordnung sein? *Wer wünscht sich auch schon, zu sterben?* Einige Menschen vielleicht, doch er gehörte gewiss nicht dazu. Er schätzte sein Leben, und er wollte auf keinen Fall, dass es heute bereits endete. *Und dafür muss ich eben mit allen Mitteln kämpfen, die es gibt.* In so einer Situation war

es für Reinhart selbstverständlich, dass sie alle zusammenhielten. Wenn man sich gegenseitig nicht vertrauen konnte, würde man nicht weit kommen; nicht in so einer Situation, in der jeder Schritt der Falsche und der Letzte sein konnte.
»Wir müssen hier entlanggehen.«
Er hasste diese Stille, deshalb versuchte er, sie irgendwie zu vertreiben. *Reden. Einfach nur reden.*
»Bist du dir sicher?«, fragte Joan.
»Todsicher.«
Reinhart merkte augenblicklich, wie unangebracht das Wort war, doch niemand reagierte darauf, sie nahmen es einfach hin. *Verdammt,* dachte er. *Pass doch auf, was du sagst. Das gerade eben klang verdammt falsch.*
»Ich bin mir ziemlich sicher, dass wir hier lang müssen. Da müsste mir mein Orientierungssinn schon einen derben Streich spielen, wenn dem nicht so wäre.«
»Das wollen wir mal nicht hoffen«, murmelte Michael.
»Aber ich denke auch, dass dies der richtige Weg ist. Denn er kommt mir seltsam bekannt vor und... es liegt irgendwas in der Luft.«
Reinhart drehte sich um.
»Es liegt *was* in der Luft? Was meinst du damit?«
»Na ja, es hat mit der Temperatur zu tun...«
Er wischte sich einen Schweißfilm von der Stirn.
»Sie wird mit jedem Schritt angenehmer, findet ihr nicht auch? Vorhin war es doch noch kaum auszuhalten...«
»Du hast recht!«, stimmte Joan zu.
»Nur was hat das zu bedeuten?«
»Frag mich nicht. Da bin ich echt überfordert.«
»Mir kommt da nur ein Wort in den Sinn, welches das Ganze

hier ziemlich gut umschreibt«, murmelte Reinhart.

Alle Augen waren nun auf ihn gerichtet, er spürte förmlich die stechenden Blicke in der Dunkelheit.

»Welches Wort meinst du?«

»Hölle! Irgendwie kommt mir es vor, als ob wir in der verdammten Hölle eingesperrt sind.«

Schweigen breitete sich daraufhin aus, genau das, was Reinhart doch so unbedingt hatte verhindern wollen. Fassungsloses Schweigen, denn das Gesagte hing schwer in der Luft, und schien sie mit all der Last erdrücken zu wollen.

»Das macht Sinn«, flüsterte Joan.

»Der Kanister mit dem Benzin, die Streichhölzer, die Temperatur hier, die Kreaturen... Verdammt, das hier ist *wirklich* die Hölle.«

»Es ist bloß eine Idee. Bitte keine voreiligen Schlüsse ziehen, es kann schließlich auch eine ganz andere, einfachere Erklärung für alles geben.«

Joan schüttelte nachdenklich den Kopf.

»Nein. Das kann es nicht. Denn das, was du gesagt hast, klingt alles viel zu logisch. Und wenn oben jetzt ebenfalls das Grauen auf uns wartet, dann gibt es vielleicht auch irgendeinen Ausweg. Möglich ist es doch, oder?«

»Ja, möglich ist es. Möglich ist alles, aber ich halte es ehrlich gesagt nicht für allzu wahrscheinlich«, entgegnete Michael.

In seiner Stimme schwang zum einen Hoffnung, aber zum anderen auch Resignation mit. *Er hat wenigstens noch nicht ganz aufgegeben... Das ist gut! Aber er macht sich zugleich auch nicht zu viele Hoffnungen.* Reinhart bemerkte, dass Joan sich viel zu sehr auf seine Theorie versteifte. Was, wenn es wirklich eine einfache Erklärung für all das gab? Was, wenn das hier alles nur ein Test war, eine Art TV-Show... *Nein.* Er schüttelte den Kopf. Dieser Gedanke war lächerlich, geradezu absurd. Doch er konnte sich trotzdem nicht von der Vorstellung lösen. Sie war wie ein Anker, an dem er sich festhalten konnte. *Was, wenn hier überall Kameras installiert waren...* Wie zur Bestätigung seiner Vermutung hob er seinen Blick, und versuchte, irgendwo das rote Licht einer Kamera zu finden, doch da war natürlich nichts. Er lachte leise auf. *Wie kannst du nur an so einen Scheiß denken? Scheiße, du befindest dich gerade in einer Situation, in der es um Leben und Tod geht, und du glaubst, du bist unfreiwillig in irgendeiner Reality-Show gelandet.* Gedankenverloren brachte er sich, Michael und Joan durch den unterirdischen Gang. Sein Instinkt half ihm, sich in der Finsternis zurechtzufinden. Es kam ihm fast so vor, als würde sein Verstand ihm den Weg vorgeben. Er war erstaunt, wie gut er sich orientieren konnte, denn es gab wirklich nichts, was man als Anhaltspunkt nehmen konnte, lediglich die Temperatur, aber die half ihm auch nicht wirklich weiter. *Ich muss mich einfach leiten lassen.* Es dauerte etwas, bis er merkte, dass der Gang vor ihm endete. Reinhart hatte das Bedürfnis, laut aufzuschreien, und Glücksgefühle strömten durch seinen Körper. *Wir haben es geschafft!* Vor ihnen lag die Treppe, er konnte in der Finsternis sogar ihre Konturen erkennen. *Ja!*, dachte er euphorisch, bremste sich jedoch direkt. *Wir haben das Lager noch nicht hinter uns gebracht. Lieber nicht zu optimistisch sein. Erst wenn wir hier raus sind, sind wir wirklich frei.* Doch er konnte seine Freude trotzdem kaum zurückhalten und lächelte, was ihm angesichts der Umstände total absurd vorkam.

»Da! Da ist die Treppe, die uns hier rausführt!«

»Endlich«, murmelte Joan erleichtert.

Reinhart ging vor, Michael folgte ihm. Er spürte den Atem des Anwaltes in seinem Rücken. Die Stufen knarzten unter seinem Gewicht, und er sah das dunkle Loch, welches sich in der Finsternis ein wenig von dem unterirdischen Gang unterschied. Es war zwar nicht ganz so stockdunkel, aber es war dunkel, und das beunruhigte Reinhart. *Es hat etwas mit diesem Countdown zu tun. Es hat etwas mit diesem verdammten Countdown zu tun! Wenn ich nur wüsste, was.* Reinhart zwängte sich jetzt aus der engen Öffnung, die sie freigelegt hatten, und wartete, bis Michael und Joan ihm folgten.

»Scheiße. Das war doch vorhin alles noch hell!«

Michael nickte.

»Dafür ist die Tür aber geöffnet.«

Er deutete auf die Konturen der Eisentür, und Michael erkannte nun ebenfalls, dass diese geöffnet war. Dahinter lag der Hauptteil der Lagerhalle, der Teil, in dem die anderen warten mussten. Doch Michael glaubte nicht daran. Es musste etwas Schlimmes vorgefallen sein, sonst wären sie nicht Joshua in den Gängen begegnet.

»Hilfe!«, schrie Joan plötzlich, und riss Reinhart und Michael damit aus ihren Gedanken.

Sie drehten sich panisch um, sahen aber in der Dunkelheit nur Joan, die wie wild hin und her zappelte. Plötzlich ging jedoch das Licht an.

»Was ist denn los?«, fragte Michael und musste seine Augen kurz zusammenkneifen.

»Sie haben mich! Sie ziehen mich in die Tiefe! Kommt doch!«

Ohne zu zögern, machten beide kehrt und griffen nach ihren Händen.

»Versuch, die Kreaturen irgendwie loszuwerden!«, sagte Mi-

chael.
»Ahhhhhh!«
Joan schrie.
»Sie fressen mich auf!«
Aus ihren Augen lief Blut, während die Kreaturen sich an ihren Beinen zu schaffen machten.
»Helft mir doch!«
Ihr Ton klang flehend.
»Helft mir!«
Nun klang ihre Stimme plötzlich ganz und gar nicht mehr flehend. Sie hatte einen dunklen, einen teuflisch klingenden Unterton angenommen.
»Michael! Charles!«
Michael bekam eine Gänsehaut. *Das ist nicht mehr sie!*, dachte er. *Ihre einzige Erlösung ist jetzt nur noch ein schneller Tod.* Er hatte hier unten wahrhaftig schon genug gesehen. Er hatte gesehen, zu was für einer Gestalt Joshua geworden war. Ihm musste offenbar etwas Ähnliches widerfahren sein wie Joan. Und zwar das pure Grauen.
»Zieht mich gefälligst hier raus! Und... Dennis auch! Ihr habt ihn getötet!«
Sie antworteten nicht, sondern überlegten stattdessen fieberhaft, was sie als Nächstes tun könnten.
»Nun macht schon!«
Ihre Stimme hatte mittlerweile einen krächzenden Tonfall bekommen.
»Kommt sofort her oder ich töte euch!«
Sie lachte.
»Ach was solls, das mache ich ja sowieso. Kommt her und sterbt!«

Die Gestalten zogen sie jetzt langsam tiefer und ihr gesamter Oberkörper war blutüberströmt. Als Michael versuchte, etwas weiter in die Tiefe zu blicken, sah er, dass ihre Beine bereits komplett gefressen worden waren. *Lass sie bitte nicht leiden*, dachte er. *Sie hat verloren. Sie ist doch schon tot. Ihre Seele schmort bereits in der Hölle.* Wenigstens jetzt sollte sie ihren Frieden finden, der Meinung waren sie beide. Michael musste sich nicht mit Reinhart verständigen, er wusste, dass dieser mit dem, was er vorhatte, einverstanden war. Es war außerdem die einzige Möglichkeit, die ihnen noch blieb. Michael warf noch einen letzten Blick auf Joan, aber diese war mittlerweile eine der teuflischen Kreaturen geworden. Kurz darauf kramte er das kleine Taschenmesser, welches er immer bei sich trug, aus der Tasche seiner Jeans, klappte die Klinge auf - und rammte es ihr ohne zu zögern in den Hals.
»Was tust du denn da? Michael?«
Ihre Stimme klang jetzt plötzlich wieder vollkommen normal. Doch das war nur ein Trick, das wusste er. Sie war besessen… sie würde nie wieder normal werden. Blut lief ihren Hals hinunter und gesellte sich zu all dem anderen Blut, welches aus allen Poren über ihren Körper lief.
»Michael! Hol mich hier raus!«
Die Kreaturen zogen den immer schwächer werdenden Körper von Joan in die Tiefe. Michael versuchte, die Öffnung abzudecken und sie unzugänglich zu machen. Er wischte sich ihr Blut von seinem Handrücken, konnte jetzt jedoch auch einige Spritzer auf seinem Gesicht spüren. *Scheißegal.* Ja, es war im Moment tatsächlich egal, denn das Einzige, was jetzt zählte, war, die Lagerhalle unversehrt zu verlassen. Dass die dicke Eisentür geöffnet war, war schon einmal ein gutes Zeichen. Ein schlech-

tes Zeichen hingegen war, dass das Licht wieder ausgegangen war. *Das ist bestimmt kein einfacher Stromausfall, das ist weit mehr.* Michael hatte nun das Loch im Boden so weit versiegelt, dass es von unten niemand mehr schaffen würde, zu entkommen.
»Das sollte erst einmal reichen«, flüsterte er.
»Scheiße, was ist denn da nur mit ihr passiert?«
»Ich weiß es nicht.«
Reinhart flüsterte.
»Auf jeden Fall sollten wir jetzt äußerst vorsichtig sein. Aber... wir werden das schaffen.«
»Wir müssen es schaffen. Los.«
Reinhart ging vor und führte sie durch die Dunkelheit in der Lagerhalle.
»Hörst du das? Es kommt mir jetzt noch intensiver vor als unten.«
Reinhart wusste sofort, was Michael mit *es* meinte. Das Keuchen! Und er hatte recht, hier oben hörte es sich noch weitaus schlimmer an. *Ist hier vielleicht die Quelle? Aber das kann doch nicht sein...!* Nichts ergab mehr irgendeinen Sinn, alles war vollkommen durcheinander.
»Du hast recht! Lass uns hier so schnell wie möglich verschwinden. Das klingt ja echt grausam.«
Er bekam sofort eine Gänsehaut. Seine Gedanken schweiften wieder zu Joan zurück, und zu der Situation, aus der sie diese nicht hatten retten können. *Wir hätten mehr versuchen müssen.* Das dachte er zwar, wusste aber eigentlich ganz genau, dass es unmöglich gewesen war. Sie hätten dagegen nichts ausrichten können, ohne ihr eigenes Leben aufs Spiel zu setzen. Reinhart spürte plötzlich überall um sich herum Schatten. Er wurde im-

mer schneller und hörte, wie Michael ihm folgte. Die Stimmung war mehr als angespannt, und mit hektischen Schritten bewegten sie sich blindlings durch die Dunkelheit. Seine Instinkte trieben Reinhart unweigerlich in die Richtung der hinteren Türen.
»Scheiße!«
Michael vollführte eine Drehung und rammte die Klinge des Taschenmessers bis zum Anschlag in die Haut des Angreifers, den er in seinem Rücken vermutete.
»Bleibt weg!«
Er klang panisch.
»Weg von mir, sagte ich!«
Dieses Mal war er noch lauter. Deutlich lauter. Er schlug wild um sich und Reinhart versuchte, ihm zu helfen, doch diese Kreaturen, die überall in der Dunkelheit auf sie lauerten, schienen es auf Michael abgesehen zu haben. Es dauerte nicht lange, bis sich eine in seinem Arm verbiss. Er schrie gellend auf, versetzte der Gestalt einen Tritt, der den schweren Körper durch die Lagerhalle fliegen und auf den harten Holzboden aufkommen ließ. Reinhart hörte, wie mehrere Knochen, oder *was auch immer* das bei diesen Kreaturen waren, brachen und zersplitterten. Alleine das Geräusch verursachte schon Schmerzen bei ihm. Michael wurde jedoch weiterhin massiv belagert, deshalb konnte er sich nicht mehr zur Wehr setzen. Der nächste Biss war genau in seinen Nacken platziert und Reinhart hörte den erneuten Aufschrei in der Dunkelheit. Er stürzte sich auf Michael, in der Absicht, die Kreaturen so irgendwie vertreiben zu können, doch es war hoffnungslos. Sie ließen jetzt zwar vom Körper des Rechtsanwaltes ab, doch Reinhart spürte, wie sie sich dafür ihm näherten.
»Michael?«
Nichts. Entweder war er bereits tot oder er litt gerade höllische

Qualen.

»MICHAEL?«

Wieder nichts, Reinhart gab es auf. Er fühlte sich ziemlich schwach, schaffte es jedoch trotzdem, die halbherzigen Versuche der Kreaturen abzuwehren. *Warum greifen sie mich nicht an? Warum nur ihn? Warum Joan und Dennis? WARUM ZUR HÖLLE NICHT MICH?* Da war es wieder, dieses *Warum*. Warum hier, warum dort. Am Ende war es allerdings eh unwichtig, denn was brachte einem schon die Antwort auf das beliebte *Warum*, wenn man niemanden mehr hatte, dem man davon erzählen konnte, weil man getötet worden war? Konzentration stand jetzt an oberster Stelle. Reinhart fühlte sich wie ein Boxer. Er versetzte der näherkommenden Gestalt einen Schlag in den Bauch, sie wich zurück und fiel auf den Boden. Dann lief er, nein, rannte auf die Rückseite zu, dorthin, wo sich die Türen befanden. *Sie müssen einfach offenstehen! Bitte, lass sie offen sein!* Und seine Bitte wurde tatsächlich erhört. Charles Reinhart atmete erleichtert auf, als er den nächsten Raum erreichte und bereits einen kühlen Luftzug spürte. *Die Nachtluft des Waldes.* Die nächsten Schritte stolperte er mehr, als dass er lief, und als er die Türschwelle übertrat und auf den Waldboden traf, verlor er den Halt und fiel hin. Doch das war ihm egal - denn er war frei, er hatte es geschafft. Er hatte das Grauen überlebt!

22

Lauren zuckte zusammen. Der Lärm der Falltür, die klappernd ins Schloss fiel, war ohrenbetäubend, es kam ihr in der Dunkelheit so vor, als ob eine Bombe explodiert wäre.
»Das war Horatio«, murmelte Nicole.
Ihre Stimme klang seltsam abwesend.
»Habe ich auch gesehen. Irgendetwas ist mit ihm passiert, ich schätze mal, dasselbe wie mit Joshua. Aber wir sollten Caleb suchen gehen. Jetzt sofort.«
»Und wie willst du das anstellen?«, fragte Nicole.
»Hier unten können wir ihn nur rufen, und wenn er uns nicht hört oder hören will, dann können wir nichts dagegen tun. Schau doch mal, es ist einfach zu dunkel hier. Wir können uns an nichts orientieren.«
»Caleb?«, rief Lauren deshalb so laut sie konnte.
Nichts.
»CALEB?«
Erneut erfolgte keine Antwort, und Lauren bekam Angst. *Ist ihm etwas passiert?* Sie würde noch einen Verlust einfach nicht ertragen können. *Wir kennen uns doch noch gar nicht lange...* Wenn sie hier lebend rauskommen würden, dann, dessen war Lauren sich sicher, würden sie sich wiedersehen. Ganz bestimmt, vielleicht würde es sogar etwas Ernstes zwischen ihnen werden. *Aber dazu müssen wir erst einmal hier rauskommen, einen Ausgang finden, und versuchen, dabei nicht draufzugehen.* Immer noch tief in Gedanken versunken, hörte sie plötzlich ein Geräusch hinter sich. Sie drehte sich um und sah, wie Nicole die Stufen der Leiter hinaufging.

»Was machst du da?«

»Ich schaue nur nach, ob die Falltür offen ist. Aber viel Hoffnung habe ich ehrlich gesagt nicht.«

Sie rüttelte an der Klappe, doch ihre Vermutung wurde leider bestätigt. *Scheiße*, dachte sie. *Verdammte Scheiße. Ganz, ganz große Scheiße.*

»Jetzt können wir nur noch hoffen«, sagte Nicole.

Sie klang müde.

»Hoffen wir, dass wir Caleb und einen Ausgang finden. Ziemlich viel auf einmal, fürchte ich. Zu viel.«

»Was willst du denn damit sagen?«, fragte Lauren argwöhnisch.

»Na ja, wir sollten uns jetzt erst einmal darum kümmern, selber einen Weg hier raus zu finden. Wir können Caleb im Moment nicht suchen. Dazu ist das Ganze hier einfach zu groß.«

»Woher willst du denn wissen, dass es so groß ist?«

»Unsere Stimmen haben ziemlich von den Wänden widergehallt. Das Echo klang sehr, sehr weit weg.«

»Okay, und wie wollen wir uns hier zurechtfinden? Besser gesagt, wie wollen wir versuchen, uns nicht zu verlaufen?«

»Ich weiß es nicht. Lass dir doch etwas einfallen.«

»Nicole, was sollen wir machen?«

»Okay schon gut. Komm mit. Es bringt doch nichts, jetzt miteinander zu diskutieren.«

Nicole ging vor Lauren her durch die engen Gänge, und es schien so, als käme die Decke immer näher. Ab und zu gab es auch Temperaturschwankungen, doch Nicole war es durch die Hitze sowieso zu warm, weshalb sie sich nicht von der Wärme leiten ließ.

»Hörst du das?«, fragte Lauren nach einer langen Zeit der Stille.

»Was denn?«

Lauren legte einen Finger auf ihre Lippen.
»Horche mal tief in die Dunkelheit hinein.«
Das tat Nicole; atemlos lauschte sie den Klängen der Finsternis. Es war kein schönes Geräusch, es war eher ein Keuchen, das unheimlich und grauenvoll klang. *Wie ein Hund*, dachte Nicole zuerst, änderte dann jedoch ihre Meinung, da dies eigentlich nicht mit der Realität übereinstimmte. *Das ist doch kein Hund. Das ist etwas viel, viel Grauenhafteres. Und es will uns holen, das spüre ich.*
»Wir sollten schnell weg von hier.«
Umdrehen kam für Nicole nicht in Frage, denn wenn sie ihren Weg ändern würden, dann wären sie verloren. *Nein*, dachte sie. *Umkehren geht nicht. Wir müssen dieser klaren Linie folgen.* Sie bezeichnete die stetig wechselnde Temperatur als *klare Linie*, denn sie sah sie als Zeichen, obwohl sie dieses noch gar nicht richtig deuten konnte. *Auf jeden Fall müssen wir ihr folgen. Es gibt schließlich keine andere Möglichkeit.* Nicole strengte sich an, und versuchte, noch ein weiteres Indiz dafür zu finden, dass es der richtige Weg war. *Das Keuchen!*, kam es ihr jetzt wieder in den Sinn. *Wie konnte ich das nur übersehen?* Auch dieses Keuchen hatte eine Bedeutung, das spürte sie instinktiv. *Es kann ja wohl kaum ein Zufall sein, dass es mit der zunehmenden Hitze immer lauter wird.* An Zufälle glaubte sie zwar nicht, aber eins war sie sich sicher, seitdem sie vor wenigen Stunden in dem Lager aufgewacht war: *Es gibt übernatürliche Mächte. Mehr Dinge zwischen Himmel und Erde, als wir uns vorstellen können und vorstellen wollen. Und auch zwischen Himmel und Hölle.* Absurderweise erinnerte sie ihre Situation an ebenjenen Ort: an die Hölle. Es ging einmal bergauf, dann wieder bergab, und mitunter mussten sie sich an einer

Abzweigung entscheiden, welchen Weg sie nun gehen wollten. Lauren vertraute Nicole bedingungslos, und sie vertraute auch ihren Instinkten, die sie mehr und mehr von der Hitze wegführten. Es dauerte eine ganze Weile, bis sie einen Abschnitt erreichten, in dem es schließlich nicht mehr weiterging. Hier war das Keuchen besonders präsent, jedoch hielt sich die Temperatur anscheinend im Normalbereich, zumindest fühlte es sich für Nicole so an. *Was hat das alles nur zu bedeuten? War es doch nur ein Zufall?* Sie konnte es sich bei bestem Willen nicht vorstellen. *Nein. Nein! Hier gibt es keine verdammten Zufälle!* Hier war die Dunkelheit sogar noch schwärzer als an anderen Stellen; sie schien die beiden förmlich einsaugen zu wollen. Nicole erschauderte. Früher hatte sie sich die Dunkelheit immer als ein riesiges Monster vorgestellt, das für den Tod verantwortlich war. *Tja,* dachte sie. *Und so ist es anscheinend auch immer noch.* Plötzlich spürte sie, wie sich der Boden unter ihr senkte. Lauren bemerkte es auch. Es war, als trete man plötzlich über eine Türschwelle.

»Lauren?«

»Ja?«

»Ich glaube, hier geht es hoch. Hier ist eine Treppe.«

»Wirklich?«

»Ja, ganz sicher. Warte, ich gehe vor.«

Die Stufen waren eine Wohltat unter ihren Füßen, doch sie bremste sich, denn sie wollte ihre Erwartungen nicht allzu hochschrauben. *Umso tiefer ist dann nämlich der Fall, der unweigerlich kommt.* Sie bemerkte, wie sie immer höher stieg und spürte schon bald frische Luft in ihren Haaren. Luft, die sich wesentlich von der Hitze unten unterschied. *Das kann nur der Weg nach draußen sein. Bitte, lass es ein Ausweg sein!* Nicole streckte vorsichtig ihre Hand aus und bekam etwas zu fassen. *Abgesplittertes Holz! Ein Durchgang!* Die Luft hinter den Holzbrettern fühlte sich deutlich anders an. *Kein Wunder. Es ist ja auch frische Luft!* Sie zwängte sich durch den Freiraum und half Lauren anschließend hoch.

»Wir sind wieder in der Halle«, flüsterte Nicole aufgeregt. Sie wusste nicht, warum sie flüsterte, vielleicht verleitete die Dunkelheit sie zu dieser Entscheidung. *Das wird es sein.*

»Echt?«

»Ja klar. Hier muss der Raum sein, in dem sich Michael, Dennis, Maya und Joan aufgehalten haben.«

»Sie sind aber nicht mehr da«, stellte Lauren fest.

»Richtig. Sie werden wohl auch irgendwo dort unten sein.«

»Genau wie Caleb.«

»Ja, vielleicht ist Caleb ja schon bei ihnen.«

Hoffnung regte sich in Lauren. *Bitte, lass ihn bei den anderen sein. Lass ihn überlebt haben.* Sie bemerkte, wie ihr die anderen, Nicole eingeschlossen, zunehmend unwichtiger wurden. Der Gedanke erschütterte sie. *Wir alle sollten hier rauskommen, nicht nur er.*

»Jetzt müssen wir uns unbedingt konzentrieren. Es scheint so, als seien die Türen geöffnet... spürst du den Wind?«

Lauren bemerkte tatsächlich den Luftzug in ihren Haaren, außerdem trieb er ihr den Schweiß von der Stirn. Trotzdem fühlte sie sich in der Dunkelheit immer noch unbehaglich. Ihre Knie zitterten. *Das hat doch irgendetwas zu bedeuten, das ist doch nicht normal!* Und bei dem Wort *irgendetwas* rechnete sie mittlerweile zwangsläufig mit dem Schlimmsten. Ihre Befürchtungen wurden bestätigt, als sie in die Finsternis hineinlauschte, und das Keuchen jetzt auch hier wahrnahm. Es war sogar noch um einiges intensiver geworden.

»Nicole, lass uns so schnell wie möglich hier abhauen. Ich habe kein gutes Gefühl, was diese Finsternis angeht.«

»Da kann ich dich durchaus verstehen. Komm mit.«

Lauren folgte Nicole erneut, denn dieser gelang es einfach besser, sich an diesem Ort zurechtzufinden.

»Hier ist der Durchgang! Die Tür steht offen!«

Laurens Herz schlug immer schneller. *Was ist hier denn nur los? Was ist in dieser beschissenen Lagerhalle nur los?* Jedes Geräusch versetzte sie noch tiefer in Unbehagen.

»Glaubst du, dass Horatio noch hier ist?«

Lauren wollte einfach nur reden, denn die Stille war schrecklich, und sie musste sich einfach von ihrer Angst ablenken.

»Ich weiß es nicht, aber ich kann es mir durchaus vorstellen. Allerdings ist er in dem anderen Raum. Ich glaube, dort geht es auch raus. Wenn die Tür tatsächlich offen ist... Der Wind kommt ja nicht von ungefähr, verstehst du?«

Lauren nickte, wusste allerdings, dass Nicole es nicht sehen konnte.

»Ja, ich weiß genau, was du meinst. Du hast recht.«

Sie hatten nun endlich die Tür erreicht, die sich durch den Sprengsatz, der Horatio die Beine genommen hatte, geöffnet hatte. Nicole versuchte immer wieder, sich zu orientieren, doch sie konnte überhaupt nichts erkennen, dazu war es einfach viel zu schwarz um sie herum. Es gab nicht einmal den Schein des Mondes. Sie waren komplett auf sich alleine gestellt. *Falls wir hier überhaupt alleine sind...* Nicole verdrängte diesen Gedanken aber sofort wieder. *Das ist jetzt nicht der richtige Zeitpunkt, um darüber nachzudenken. Das kannst du tun, wenn du erst einmal hier raus bist!* Der Parkettboden fühlte sich nur allzu be-

kannt unter ihren Füßen an. Es war allerdings ein Boden, den sie bisher nur bei Licht kannte. *Nicht bei dieser furchteinflößenden Dunkelheit.* Wieder erschien der Gedanke automatisch in ihrem Kopf mit dem Wort *Gefahr.* Gefahr, die in jeder Ecke und in jedem Winkel lauern konnte. *Scheiße, sogar unter jeder verfluchten Bodendiele.* Wenige Augenblicke später bemerkte sie plötzlich eine Bewegung. Es war eindeutig ein Mensch, der sich vor ihnen befand. *Ist es einer von uns?* Hoffnung regte sich in Nicole.
»Da ist jemand«, flüsterte sie.
»Ja, ich habe es auch gesehen.«
Lauren hatte es zunächst allerdings als Streich ihrer Fantasie abgetan, doch Nicole hatte den Schatten ebenfalls gesehen, also existierte er tatsächlich. *Okay. Bereite dich besser auf alles vor.*
»Caleb?«, flüsterte Lauren.
Jemand lachte auf. Und dieser jemand war eindeutig nicht Caleb.
»Ich bin's, Michael«, erklang es nun aus der Dunkelheit.
»Lauren? Bist du alleine?«
Seine Stimme klang merkwürdig verzerrt, irgendwie dunkler und dumpfer als vorher.
Lauren erschrak unwillkürlich bei ihrem Klang.
»Nein, Nicole ist bei mir. Was machst du hier? Wo sind die anderen?«
»Die sind alle tot!«
Diese Worte trafen Lauren mit einer ungeahnten Wucht.
»Und was machst du hier? Gibt es keinen Weg nach draußen?«
»Doch, aber nicht für mich und auch nicht für euch.«
»Michael, lass den Scheiß.«
Nicoles Stimme zitterte jetzt vor Anspannung.

»Das ist mein voller Ernst.«

Schritte waren nun zu hören - und sie kamen immer näher. Nicole drückte ängstlich Laurens Hand.

»Wir müssen hier weg, wir müssen dem Luftzug folgen. Mit Michael ist eindeutig etwas nicht in Ordnung.«

»Ja, du hast recht. Lass uns weglaufen.«

Sofort rannten sie los. Lauren schaffte es, Michael in der Dunkelheit zu entkommen, während Nicole jedoch brutal von ihm zu Boden gerissen wurde.

»Lauren!«, schrie sie voller Panik.

»Hilf mir!«

Lauren drehte augenblicklich um, und versuchte, Michael von ihr wegzuzerren, doch er war zu kräftig, sie schaffte es einfach nicht. Wegen der Anstrengung breitete sich wieder ein pochender Schmerz hinter ihrer Stirn aus, der ihr fast das Bewusstsein raubte. Nicole schrie weiterhin, doch Lauren wusste, dass sie machtlos war, sie konnte ihr nicht helfen, so gern sie es auch wollte. Michael rammte immer wieder etwas in Nicoles Körper hinein. Was es war, konnte Lauren nicht erkennen, bis er schließlich irgendwann von Nicole abließ. Sie wollte weglaufen… so schnell wie möglich weg von diesem Ort … wurde jetzt jedoch ebenfalls von dem scharfen Gegenstand getroffen. Es fühlte sich an wie eine Glasscherbe und bohrte sich tief in ihren rechten Arm hinein. Der Schmerz war unbeschreiblich, sie trat nach Michael, traf ihn genau an seinem Knie und ließ ihn auf diese Weise stolpernd zu Boden fallen. *Sie sind alle tot*, schoss es ihr auf einmal durch den Kopf. *Sowohl Caleb als auch die anderen. Sie haben nicht entkommen können.* Lauren spürte noch weitere Kreaturen in ihrem Rücken, das Keuchen füllte mittlerweile den gesamten Raum aus. Sie rannte, bemerkte jedoch plötzlich, wie ihre Füße gegen einen harten Gegenstand stießen, der daraufhin zu Boden fiel. Unter ihr bildete sich eine Pfütze und sie wäre darin beinahe darauf ausgerutscht. *Das Benzin!*, schoss es ihr durch den Kopf. *Caleb hat es hier abgestellt. Dann müssen die Streichhölzer auch irgendwo in der Nähe sein... außer er hat sie mitgenommen.* Daran glaubte Lauren allerdings nicht, vielleicht war es aber auch einfach nur reine Hoffnung, die sie dazu verleitete. Ihr fielen jetzt wieder Joshuas und Calebs Worte ein. *Der einzige Ausweg ist, alles niederzubrennen. Und wenn wir dabei draufgehen.* Sie war sich plötzlich ganz sicher, dass diese Entscheidung die richtige war. Hastig schüttete sie etwas von dem Benzin in die Richtung, aus der die Schritte kamen. Sie hörte sogar, dass Michael von der Flüssigkeit genau im Gesicht getroffen wurde. Hastig bückte sie sich, ertastete die Papierverpackung, öffnete sie hektisch und zündete dann ein Streichholz an. Es klappte seltsamerweise direkt beim ersten Versuch. Das gleißend helle Licht der orangenen Flamme erleuchtete die Umgebung und fraß sich praktisch in jeden Winkel. Trotzdem reichte es nur als grobe Beleuchtung für die nähere Umgebung aus. Als Lauren Michaels Gestalt in dem schummrigen Licht wahrnahm, regte sich in ihr nicht ein einziger Hoffnungsfunke auf eventuelle weitere Überlebende. Michael sah grauenvoll aus, und direkt hinter ihm befanden sich mindestens zwanzig weitere Wesen. Sie krochen aus allen Ecken... ein deutliches Zeichen dafür, dass es bald zu Ende gehen würde... dass sie die Letzte war. Sie schluckte. *Na ja, was soll's. Wenn du überleben willst, dann musst du es tun! Du musst das Streichholz werfen.* Sie nahm das brennende Hölzchen in ihre linke Hand und entzündete mit der rechten, schmerzenden ein weiteres. Dann warf sie eines in Michaels

Richtung, und der Körper des Rechtsanwaltes ging sofort in Flammen auf. Er brannte lichterloh und konnte nichts dagegen ausrichten. Sie ging nun ein paar Schritte rückwärts, zielte auf die Pfütze, die sich aus den Resten des Kanisters gebildet hatte, und ließ es in diese Richtung fallen. Danach rannte sie weiter und hatte bald die Tür zu dem Raum erreicht, in dem sie die Falltür entdeckt hatten. Horatio war nicht mehr dort. Hinter ihr breiteten sich derweil die Flammen mehr und mehr aus, weshalb die Gestalten wieder umkehrten und sie nicht mehr beachteten. Lauren stieß die schwere Eisentür auf und merkte plötzlich, wie ihr der Boden unter den Füßen weggezogen wurde, sie konnte sich jedoch noch im letzten Moment halten. *Okay*, dachte sie. *Du hast es geschafft. Jetzt musst du nur noch irgendwie zur Straße kommen.* Der Waldboden fühlte sich so weich unter ihren Füßen an, dass sie das Gefühl hatte, immer tiefer in ihm zu versinken. Doch schließlich schaffte sie es bis zum ersten Baumstamm, lehnte sich dagegen und betrachtete im fahlen Mondlicht ihren verletzten Arm. Das Glas steckte ziemlich tief darin, es war offenbar eine Scherbe von dem Glas, welches Caleb und Dennis vor ein paar Stunden zerschlagen hatten. *Und das alles nur wegen mir. Damit er an den Verbandkasten für mich kommen konnte.* Ihr Magen verkrampfte sich unweigerlich, als sie an Caleb dachte. *Habe ich ihn umgebracht oder war er schon längst tot?* Diese Frage konnte sie sich so oder so nicht beantworten, doch was hätte es andererseits schon ausgemacht? Wäre er wirklich noch am Leben gewesen, dann hätte er sich unweigerlich in den unterirdischen Gängen verlaufen oder wäre im oberen Teil den Kreaturen zum Opfer gefallen. Und dieses Schicksal, ja, das hätte sie ihm gewiss ersparen wollen. Tränen stiegen ihr in die Augen, doch sie schüttelte den

Kopf, und versuchte sie um alles in der Welt, zurückzuhalten. Es gelang ihr aber nicht, schon bald spürte sie die Nässe auf ihren Wangen. Sie wusste nicht, ob es an den körperlichen oder an den seelischen Schmerzen lag, doch sie tippte auf eine Mischung aus beidem. Lauren hielt sich an den Bäumen fest, um das Gleichgewicht zu wahren und das Licht des Mondes half ihr bei der Orientierung. Es dauerte nicht lange, bis sie das Lager umrundet und die Straße erreicht hatte. Sie fühlte sich elend, war müde und konnte sich beim besten Willen nicht mehr auf den Beinen halten. Das Letzte, was sie sah, bevor sie in Bewusstlosigkeit versank, war ein schwarzer Schatten.

23 *Tagebucheintrag...*

Heute war wieder einmal ein Tag, auf den ich lange gewartet habe. Natürlich konnte ich nicht wissen, dass alles fast genau nach Plan verlaufen würde, doch am Ende bin ich ziemlich gut davongekommen. Dieser Tag war schön und traurig zugleich, wobei ich mir eine Sache immer wieder ins Gedächtnis rufen muss: Niemand ist unsterblich, selbst so ein harter Bulle wie Shawn Andrews nicht. Der Verlust trifft mich zwar ziemlich hart, allerdings lange nicht so hart wie damals, als ich in einer Nacht des Schreckens die einzige, wirkliche Liebe meines Lebens verloren habe. Drake! Aber dies soll jetzt kein Zeitpunkt des Nachdenkens werden, ich verfalle dann nur wieder in tiefe Trauer, wenn ich dem Gedanken weiter nachhänge. Ich habe mir Andrews' Kollegen, Jacob Maloney, vorgenommen, und zwar so richtig. Ich versuche mal, so gut es geht die Situation zu beschreiben... Die Leute, die seinen Leichnam und diese Eintragungen finden, sollten schließlich genau wissen, was für Qualen ich ihm zugefügt habe. Also, kurze Zeit, nachdem ich aus dem Container gegangen war, um die Leichen von Shawn und John Garcia zu entsorgen, öffnete ich die Tür wieder und betrat mein Reich. Er schlief gerade, und das erste, was ich tat, war noch sehr, sehr gnädig: Ich schüttete ihm einen Eimer Eiswasser über den Kopf. Er erwachte sofort prustend und keuchend aus seinem Schlaf. Ich genoss den Moment richtig und ließ ihm etwas Zeit, bis er sich orientieren und mein Gesicht erkennen konnte. Sein Ausdruck wurde sofort ernst.
»Was wollen Sie von mir?«, fragte er verwirrt.
»Lassen Sie mich sofort frei, ich bin Polizist!«

Ich lachte abwertend.
»Genau deshalb lasse ich dich ja nicht frei. Tja, hast wohl Pech gehabt. Vielleicht hast du einfach den falschen Beruf gewählt und die Nase zu tief in die Angelegenheiten anderer Leute gesteckt. Das wurde dir jetzt offenbar zum Verhängnis. Außerdem war Shawn ebenfalls Polizist, und dein Kollege hat ihn ohne jede Reue erschossen, ja, sogar schon fast hingerichtet.«
»Das war Notwehr! Glauben Sie mir...«
»Ach, erzähl mir doch keinen Mist.«
Ich griff nach einer Zange, öffnete sie, senkte sie zu seiner Brust hinab und schloss sie dann auf Höhe seiner Brustwarze wieder. Der Schrei, der sich daraufhin aus seiner Kehle löste, war Musik in meinen Ohren. Nach einiger Zeit, denn ich wollte ihn erst ein paar Sekunden zappeln lassen, ließ ich wieder los. Sofort entstand ein schmerzhaft aussehender blauer Fleck und es blutete ein wenig.
»Erzähl mir die Wahrheit. Und zwar jetzt sofort. Weiß jemand, wo du dich gerade aufhältst? Irgendjemand?«
Maloney schüttelte sofort den Kopf, etwas zu schnell für Verenas Geschmack.
»Überlege es dir ganz genau, wenn du dir weitere Schmerzen ersparen möchtest. Also, ich wiederhole mich zwar nur ungern, aber in diesem Fall mache ich es ausnahmsweise: Hast du irgendjemandem erzählt, wo du mit deinem Kollegen, John Garcia, hingefahren bist?«
Dieses Mal wartete Maloney etwas. Er schien tief in Gedanken versunken zu sein, und wählte seine nächsten Worte mit äußerstem Bedacht.
»Nein, wirklich nicht. Wir sind einfach aufgebrochen, ohne jemandem zu erzählen, wo wir genau hinfahren. Es waren sowie-

so nur noch wenige Leute auf dem Revier, denn Andrews war mit Reinhart unterwegs. Apropos, wo ist er eigentlich...«

Ich hatte keine Lust darauf, seine Fragen zu beantworten, deshalb holte ich mit der Zange aus und schlug sie ihm genau auf die Kniescheibe. Er zuckte gequält zusammen, und stöhnte schmerzerfüllt auf.

»Ich stelle hier die Fragen, damit das verdammt nochmal klar ist.«

»Okay okay, ist ja schon gut.«

Ich konnte es kaum erwarten, meine richtigen Folterwerkzeuge bei ihm anzuwenden. Denn diese waren weitaus schlimmer als eine einfache Kneifzange.

»Hattet ihr eine Ahnung, wo sich die vermissten Personen aufhalten? Die Personen, deren Handys du und dein Kollege mit Sicherheit hier entdeckt habt.«

Maloney nickte.

»Ja, wir haben sie gefunden, aber mehr wussten wir nicht. John hatte eines der Handysignale geortet. Das von Nicole Sawyer, die bei uns als vermisst gemeldet worden war.«

»Weiter seid ihr wirklich nicht gekommen?«

»Nein.«

Ich lachte laut auf.

»Und solche Leute wie ihr schützt unseren Staat? Da läuft aber einiges gewaltig schief.«

Er überging meine Bemerkung, und ich wollte mich sowieso über dieses Thema nicht mit ihm auseinandersetzen. Nein, ich hatte zu diesem Zeitpunkt gewiss Besseres zu tun.

»Und? Wo sind sie jetzt?«

»Dir kann ich es ja erzählen, denn du überlebst diese Nacht sowieso nicht. Sie sind allesamt in der Lagerhalle gefangen, die

an der Stelle gebaut worden ist, an der du das Geisterhaus niedergebrannt hast. Erinnerst du dich noch?«
Er nickte.
»Natürlich erinnere ich mich noch daran. Und... was passiert jetzt mit ihnen?«
»Das Grauen konntest du mit deinem Feuer nicht vertreiben. Es hat sich lediglich zurückgezogen und weiterhin unter der Erde gelauert. Du musst wissen, dass die Wesen Licht verabscheuen, dafür aber die Finsternis lieben.«
»Worum handelt es sich denn bei diesem Grauen? Was ist es genau?«
Okay, er will einfach nur Informationen, dachte ich zu diesem Zeitpunkt. Die konnte er von mir aus gerne haben, denn die Möglichkeit, sie weiterzugeben, würde er sowieso nicht mehr bekommen. Ich wollte nur warten; warten, bis er einen Fehler beging, für den ich ihn bestrafen konnte.
»Stelle sie dir einfach wie Parasiten vor, alle anderen Versuche, es dir zu beschreiben, würden deine Vorstellungskraft sprengen, das kannst du mir glauben. Der Parasit verwandelt Menschen, die mit ihm in Berührung kommen, zu Dämonen. Diese Dämonen oder Wesen der Finsternis, können daraufhin auch andere Menschen infizieren. Allerdings nur, wenn sie das Virus gezielt übertragen. Ein Biss in den Hals oder in andere Gegenden lässt die Opfer einfach verbluten, ein gezielter Biss oder Stich in den Bauch oder in den unteren Teil des Nackens hingegen überträgt diesen Virus. Das Opfer verwandelt sich daraufhin ebenfalls in ein solches Wesen.«
»Und was hatte es mit dem Geisterhaus auf sich?«
»Was soll damit gewesen sein?«
»Dort habe ich nur ein einziges Wesen entdeckt. Es hat meinen

Kollegen getötet. Warum waren da nicht mehr?«
»Nun ja, der Rest von ihnen hat unter der Erde gewartet. Allerdings kann ich dir sagen, dass in diesem Geisterhaus, wie es von den Medien gerne genannt wurde, eben auch Geister existierten. Sie wurden aber bei dem Brand komplett ausgelöscht.«
»Die Dämonen aber nicht«, murmelte Maloney.
»Okay, das ergibt Sinn.«
»Sie sind nicht unsterblich, sie haben sich lediglich unter die Erde zurückgezogen.«
Ich hatte mir hinter meinem Rücken bereits den Elektroschocker zurechtgelegt und gierte danach, eine Möglichkeit zu bekommen, ihn auch einsetzen zu können.
»Was ist denn mit ihnen passiert? Mit den Personen, meine ich.«
Als Nächstes zog ich besagten Elektroschocker hervor und verpasste ihm erst einmal einen ordentlichen Stromschlag, der ihn aussehen ließ wie einen Fisch auf dem Trockenen.
»Für sie wird es keinen Ausweg mehr geben, genauso wenig wie für dich.«
»Aber warum denn nicht? Was habe ich denn getan?«
Er wurde nun lauter und seine Stimme hatte außerdem einen gehässigen Tonfall angenommen. Er war offenbar kurz davor, den Respekt zu verlieren - und das sollte er besser nicht tun. Meinen nächsten Schritt überlegte ich gar nicht lange, ich griff einfach nach der Zange und brach ihm damit den Mittelfinger seiner linken Hand.
»Bewahre gefälligst Respekt vor mir und überleg dir verdammt noch mal gut, in welchem Ton du mit mir sprichst.«
»Scheiße!«
Er schrie auf, wandte alle seine Kräfte auf, und versuchte, sich

hochzustemmen, doch die Gürtelschnallen schnitten ihm tief in seine Handgelenke und hielten ihn zurück. Er hatte keine Chance. Maloney sagte jetzt zu seinem Glück nichts mehr. Ich überlegte kurz, kam dann aber zu dem Schluss, dass ich warten musste, denn er sollte den nächsten Schritt machen. Ich wollte mir noch ein bisschen Zeit lassen, denn der Spaß sollte ja nicht zu früh vorbei sein. Sein Finger stand nun in einem unnatürlichen Winkel von seiner Hand ab und schon das Hinsehen allein bereitete mir Schmerzen. Aber der große Polizist hatte es so gewollt.

»Was kann ich denn nur tun, damit du mir wenigstens ein schnelles Ende bereitest?«

»Stell einfach noch mehr blöde Fragen, dann wird dein Herz schon bald nicht mehr schlagen. Allerdings wirst du dann auch viele Schmerzen erleiden.«

»Ich habe Andrews nicht getötet, das war Garcia.«

»Mir ist es scheißegal, wer das war. So, und jetzt ab in die Hölle mit dir.«

Ich nahm das schärfste Messer, welches ich fand und stach die Klinge tief in seinen Oberschenkel, genau in einen Nerv hinein. Während er aufschrie, versuchte ich, in aller Ruhe meine Gedanken zu sammeln. Aber ich konnte nicht wirklich behaupten, dass es mir gelang. Er wurde mir mittlerweile mehr und mehr zur Last, und ich spielte wirklich mit dem Gedanken, ihn zu erlösen. Vorher jedoch sollte er erst einmal ordentlich bluten. Ich nahm ein weiteres, scharfes Messer und löste ihm beide Augäpfel aus den Höhlen. Danach wehrte er sich nicht mehr. Dickflüssiges Blut und eine gelbliche Flüssigkeit quollen aus den Löchern heraus und ich musste unwillkürlich würgen, und spürte die Galle in mir aufsteigen, konnte sie aber dann doch zurück-

halten. Mittlerweile hatte er wieder das Bewusstsein verloren. Die Schmerzen waren wohl einfach zu stark gewesen, selbst für ihn. Ich musste es jetzt wohl zu Ende bringen. Deshalb zog ich das Messer wieder aus seinem Oberschenkel heraus und setzte es an seiner Bauchhöhle an. Anschließend zog ich es langsam nach oben, und als ich fertig war, hatte sein Herz bereits aufgehört zu schlagen. Aus seinem geschundenen Körper war jetzt jegliches Leben entwichen. Zufrieden wandte ich mich ab und legte nun alle Dinge, die ich brauchen würde, bereit. Der nächste Teil ist nun vorbei, und ich werde in wenigen Minuten aufbrechen, um in dem Lager nach dem Rechten zu sehen, um sicherzugehen, dass wirklich niemand überlebt hat. Danach stand mir dann eine lange Reise bevor, denn ich wollte mir von all dem Geld einfach mal einen schönen Urlaub gönnen – diesen habe ich mittlerweile auch echt nötig. Falls jemand je auf diese Einträge stoßen wird, dann wird garantiert schon eine ganze Zeit vergangen sein, dessen bin ich mir sicher. Ich werde von nun an versuchen, das Beste aus meinem Leben zu machen, auch wenn sich das mit Sicherheit leichter anhört, als es in Wirklichkeit werden wird.

RGH News: „Guten Tag Mr. Reinhart und Ms. Stark. Sind Sie bereit, uns ein paar Fragen zu beantworten?"
Charles Reinhart: „Nur zu."
RGH News: „Erzählen Sie uns bitte, was in der schrecklichen Nacht, die Sie haben miterleben müssen, passiert ist."
Charles Reinhart: „Nun ja. Ich kann die Ereignisse nicht von Beginn an schildern, zumindest nicht die, die in der Lagerhalle passiert sind, denn ich kam erst später dazu. Kannst du vielleicht übernehmen, Lauren?"
Lauren Stark: „Ja, klar. Wobei ich von dem Grauen auch nur gegen Ende etwas mitbekommen habe. Diese Wesen… ich denke das Wort Dämonen trifft am ehesten auf sie zu. Ich wurde von Michael, er war eine der Personen, die mit Charles unterwegs gewesen sind, verletzt. Er hat mir mit einer Glasscherbe den Arm aufgeschnitten, und ich bin froh, ihm gerade noch so entkommen zu sein. Dieser Ausdruck in seinen Augen... wenn ich nur daran denke, läuft mir immer noch sofort ein Schauer über den Rücken. Ich bin also durch den tiefen Wald geirrt, bis ich irgendwann das Bewusstsein verloren habe und zusammengebrochen bin."
Charles Reinhart: „Ja, so war es. Ich habe sie nur durch Zufall gefunden. Ich konnte daraufhin einen Autofahrer anhalten, der uns in ein Krankenhaus brachte."
RGH News: „Und wie geht es Ihnen jetzt, Mr. Reinhart? Ihr Ohr sieht ziemlich schlimm aus."
Charles Reinhart: „Es wird besser werden, zumindest nach Ansicht der Ärzte. Ich bin froh, überhaupt mit dem Leben davongekommen zu sein."

RGH News: „Das können wir natürlich verstehen. Hat die Polizei denn schon einen Hinweis darauf gefunden, um wen es sich bei dem Täter handeln könnte? Draußen in den Wäldern wurden auch die Leichen ihrer Kollegen John Garcia, Jacob Maloney und Shawn Andrews gefunden."
Charles Reinhart: „Ich habe bereits eine lange Aussage getätigt. Die Kollegen haben ein sehr gutes Profil, und ich denke, sie werden die Täterin bestimmt bald finden."
RGH News: „Die Täterin?"
Charles Reinhart: „Ja, es war eine Täterin."
RGH News: „Möchten Sie uns vielleicht ein paar Details preisgeben?"
Charles Reinhart: „Nein, das geht leider nicht, denn ich will die Arbeiten meiner Kollegen nicht durch die Presse beeinflussen, wenn Sie verstehen, was ich meine."
RGH News: „Natürlich. Und Sie, Ms. Stark? Wie fühlen Sie sich zurzeit?"
Lauren Stark: „Es klingt zwar ziemlich blöd, aber ich weiß es ehrlich gesagt nicht so recht. Ich kann Ihnen momentan gar nicht sagen, wie es mir geht, denn dazu herrscht ein zu großes Chaos in meinem Kopf. Ich weiß auch nicht, ob ich mich von dieser Nacht jemals wieder erholen werde. Denn das, was ich dort gesehen habe… was wir alle gesehen haben, überschreitet wirklich die Grenzen von allem, was man sich vorstellen kann."
RGH News: „Okay. Dann wünschen wir Ihnen beiden alles Gute. Hoffentlich werden Sie sich bald vollständig von den Ereignissen dieser Nacht erholt haben."
Charles Reinhart: „Vielen Dank."
Lauren Stark: „Ja, danke."

ENDE

ALLE BÜCHER DES AUTOREN

SPURLOS

2005: Lewis, Janet, Jeff und Liz erhoffen sich ein Abenteuer, ein Wanderurlaub in den Bergen – genau nach ihrem Geschmack. Trotz einiger beängstigender Vorkommnisse während der Fahrt in die Berge entscheiden sie sich, zu bleiben. Als sie allerdings auf die Rucksäcke einer verschollenen Wandergruppe stoßen und nach und nach mysteriöse Anzeichen auf deren Verbleib finden, beginnt ein Albtraum, aus dem es kein Entrinnen zu geben scheint…

1995: Idyllische, weite Wälder und glasklare Seen. Nichts anderes wollen Marcel, Inge, Matthias, Gudrun, Alexander und Ralf, als sie sich dazu entscheiden, einen Urlaub in den Bergwäldern zu machen.

Doch dann verliert sich jede Spur von ihnen…

DAS GEISTERHAUS

Die vier Jugendlichen Marc, Blake, Jay und David wagen gemeinsam mit dem Einsiedler Joseph, Jays Bruder Danny und seinem Freund Neal einen Ausflug zu einem „Geisterhaus", um das sich zahlreiche Mythen ranken. Doch als sie eines nachts das Haus betreten, beginnt ein Albtraum, der nie zu enden scheint. Denn das Haus lebt. Und es sucht sich seine Opfer…

LAGER DER FINSTERNIS

Zehn Personen wachen in einer verlassenen Lagerhalle auf. Zunächst können sie sich nicht erklären, wie sie dort hingelangt sind. Doch als ein Teil der Gruppe auf ein System unterirdischer Gänge stößt, entfesseln sie ein Grauen, das die Grenzen jeglicher Vorstellungskräfte überschreitet.

AUF DÄMONENJAGD IM LAGER DER FINSTERNIS

Die Dämonenjäger Marcus Young und William Collister verbringen eine Nacht in der Lagerhalle, in der sich vor kurzer Zeit erst schreckliche Dinge zugetragen haben. Sie installieren eine Kamera, um die paranormalen Geschehnisse per Video zu dokumentieren. Als Marcus in einem der Räume auf eine apathisch wirkende Frau stößt und wenig später verschwunden ist, begibt sich William auf die Suche nach ihm. Die deutlichste Spur führt tief in den Wald…
Währenddessen läuft die Kamera. Und zeichnet schreckliche Dinge auf…

ARIZONA SPLASH

Bei der Eröffnungsfeier des *Arizona Splash*, einem riesigen Schwimmbad mit Außenpools, Saunas und Rutschen, werden zwei junge Leute entführt. Ihnen steht eine Nacht des Grauens bevor: im Inneren des Schwimmbades müssen sie sich nicht nur mit ihren sadistischen Peinigern auseinandersetzen, sondern auch mit einer Gefahr, die aus den Tiefen eines geheimen Kellerganges zu kommen scheint.

WILLKOMMEN IN KINMARK

Kurz vor Dienstschluss wird Officer Gilbert Smith zu einem Einsatz gerufen: der Fahrer einer Dodge Viper befindet sich nach einem Unfall auf der Flucht. Eine Verfolgungsjagd und ein darauffolgender Unfall führen den Officer über den Highway tief in die Solven-Hills und das beschauliche Dorf Kinmark. Je tiefer er in die Geheimnisse des Ortes vordringt, desto deutlicher wird ihm, dass er sich in einer tödlichen Falle befindet, aus der es kein Entrinnen zu geben scheint...

CAMP SEASIDES MÜHLENSCHATZ

Die vier Freunde Jaxon, Natalia, Maxwell und Laura freuen sich auf einen mehrtägigen Campingurlaub auf dem Gelände des *Camp Seaside*, einem Platz mit einem Badesee und einer alten Getreidemühle. Bei einem Rundgang im Wald entdecken sie einen Brief, der ihnen einen Schatz in den Tiefen der Mühle verspricht. Sie lassen sich auf die Suche ein - und beginnen damit ein Spiel, bei dem eine Menge Blut fließen wird. Denn im Inneren der Mühle lebt der Tod. Und er fordert seinen Tribut...

FENNERLEYS GRAUEN

Aus dem einst belebten Dorf Fennerley verschwanden vom einen auf den anderen Tag alle Einwohner spurlos. Ein sechsköpfiges Forschungsteam macht sich daran, den Begebenheiten auf den Grund zu gehen. Die Suche gestaltet sich als sehr schwierig – bis dem Team ein Durchbruch gelingt, der jedoch schwerwiegende Folgen zu haben scheint...

CRETHRENS – VERLOREN IN DER EISWÜSTE

Der jugendliche Oskar findet sich inmitten einer gigantischen Eiswüste mit neunzehn anderen Jugendlichen wieder. Schon bald erkennen alle, dass sie sich in einem perfiden Test befinden, bei dem es nicht nur um das blanke Überleben geht…

CRETHRENS – DIE FESTUNG VON GHIRON NAGH

Nach den Geschehnissen in der Eiswüste, die jeden einzelnen verändert haben, landen die Überlebenden mit einem Helikopter in einer verlassenen Stadt. Sie finden eine Karte und entscheiden sich dazu, zwei Orte aufzusuchen: eine mittelalterliche Festung und die unterirdische Stadt Ghiron Nagh. Alles scheint nach Plan zu laufen – bis das Schicksal wieder gnadenlos zuschlägt…

CRETHRENS – ODYSSEE NACH EHYGEA

Das Königreich Ehygea war einst ein Ort mit blühenden Landschaften, rauschenden Flüssen und endlosen Weiten. Eines Tages wurde der Ort von einer schrecklichen Katastrophe heimgesucht – seitdem besteht dieser nur noch aus finsterem Ödland. Die Überlebenden drängen nach und nach in die Geschichte des düsteren Ortes vor – und müssen feststellen, dass ein großer Kampf um Leben und Tod bevorsteht, der über die Zukunft des gesamten Planeten entscheidet.